文豪たちが書いた

泣ける名作短編集

彩図社文芸部　編纂

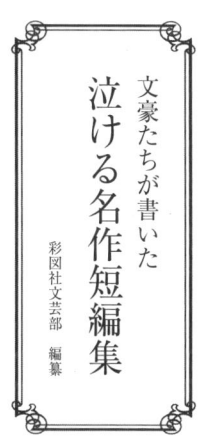

序

本書は、文豪たちが書いた哀切に満ちた短編作品を中心に収録したアンソロジーである。10人の文豪たちから10作品を集めたが、扱うテーマは実に様々だ。行きづまってぼろぼろになっていく家族、死にゆく妻と向き合う夫、誰とも分かり合えない孤独を抱えた男、自らの弟を殺した兄……ひとつとして同じテーマはない。

収録した作品は、どれも細やかな背景描写と登場人物の心の機微とが巧みに織り込まれており、読めば読むほど強く物語に引き込まれていく。

文豪たちが綴る、胸に迫るストーリーをじっくりと味わってもらえたなら、編者にとってこれにまさる喜びはない。

文豪たちが書いた

泣ける名作短編集

―目次―

泣ける名作短編集

文豪たちが書いた

眉山《びざん》

太宰治

　これは、れいの飲食店閉鎖の命令が、未だ発せられない前のお話である。

　新宿辺も、こんどの戦火で、ずいぶん焼けたけれども、それこそ、ごたぶんにもれず最も早く復興したのは、飲み食いをする家であった。帝都座の裏の若松屋という、バラックではないが急ごしらえの二階建の家も、その一つであった。

「若松屋も、眉山《びざん》がいなけりゃいいんだけど。」

「イグザクトリイ。あいつは、うるさい。フウルというものだ。」

　そう言いながらも僕たちは、三日に一度はその若松屋に行き、そこの二階の六畳で、ぶっ倒れるまで飲み、そうして遂に雑魚寝《ざこね》という事になる。僕たちはその家では、特別にわがままが利《き》いた。何もお金を持たずに行って、後払いという自由も出来た。その理由を簡単に言えば、三鷹の僕の家のすぐ近くに、やはり若松屋というさかなやがあって、そこのおやじが昔から僕と飲み友達でもあり、また僕の家の者たちとも親しくしていて、そいつが、「行ってごらんなさい、私の姉が新宿に新しく店を出しました。以前は築地でやっていたのですがね。あなたの事は、まえから姉に言っていたのです。泊って来たってかまやしません。」

僕はすぐに出かけ、酔っぱらって、そうして、泊った。姉というのはもう、初老のあっさりしたおかみさんだった。

何せ、借りが利くので重宝だった。僕は客をもてなすのに、たいていそこへ案内した。僕のところへ来る客は、自分もまあこれでも、小説家の端くれなので、小説家が多くならなければならぬ筈なのに、画家や音楽家の来訪はあっても、小説家は少かった。いや、ほとんど無いと言っても過言ではない状態であった。けれども、新宿の若松屋のおかみさんは、僕の連れて行く客は、全部みな小説家であると独《ひと》り合点《がてん》している様子で、殊《こと》にも、そのの家の女中さんのトシちゃんは、幼少の頃より、小説というものがメシよりも好きだったのだそうで、僕がその家の二階に客を案内するともう、こちら、どなた？　と好奇の眼をかがやかして僕に尋ねる。

「林芙美子さんだ。」

それは僕より五つも年上の頭の禿《は》げた洋画家であった。

「あら、だって、……」

小説というものがメシよりも好きと法螺《ほら》を吹いているトシちゃんは、ひどく狼狽《ろうばい》して、

「林先生って、男の方なの？」

「そうだ。高浜虚子《きよこ》というおじいさんもいるし、川端龍子《りゅうこ》という口髭《くちひげ》をはやした立派な紳士もいる。」

「みんな小説家？」

「まあ、そうだ。」

それ以来、その洋画家は、新宿の若松屋に於《お》いては、林先生という事になった。本当は二科の橋田新一郎氏であった。

いちど僕は、ピアニストの川上六郎氏を、若松屋のその二階に案内した事があった。僕が下の御不浄に降りて行ったら、トシちゃんが、お銚子を持って階段の上り口に立っていて、

「あのかた、どなた？」

「うるさいなあ。誰だっていいじゃないか。」

僕も、さすがに閉口していた。

「ね、どなた？」

「川上っていうんだよ。」

もはや向っ腹が立って来て、いつもの冗談も言いたく無く、つい本当の事を言った。

「ああ、わかった。川上眉山。」

滑稽《こっけい》というよりは、彼女のあまりの無智にうんざりして、ぶん殴りたいような気にさえなり、

「馬鹿野郎！」

と言ってやった。

それ以来、僕たちは、面と向えば彼女をトシちゃんと呼んでいたが、かげでは、眉山と呼ぶようになった。そうしてまた、若松屋の事を眉山軒などと呼ぶ人も出て来た。

眉山の年齢は、はたち前後とでもいうようなところで、その風采《ふうさい》は、背が低くて色が黒く、顔はひらべったく眼が細く、一つとしていいところが無かったけれども、眉だけは、ほっそりした三ケ月型で美しく、そのためにもまた、眉山という彼女のあだ名は、ぴったりしている感じであった。

けれども、その無智と図々《ずうずう》しさと騒がしさには、我慢できないものがあった。下にお客があっても、彼女は僕たちの二階のほうにばかり来ていて、そうして、何も知らんくせに

自信たっぷりの顔つきで僕たちの話の中に割り込む。たとえば、こんな事もあった。

「でも、基本的人権というのは、……」

と、誰かが言いかけると、

「え？」

とすぐに出しゃばり、

「それは、どんなんです？　やはり、アメリカのものなんですか？　いつ、配給になるんです？」

人絹《じんけん》と間違っているらしいのだ。あまりひどすぎて一座みな興が覚め、誰も笑わず、しかめつらになった。

眉山ひとり、いかにも楽しげな笑顔で、

「だって、教えてくれないんですもの。」

「トシちゃん、下にお客さんが来ているらしいぜ。」

「かまいませんわ。」

「いや、君が、かまわなくたって、……」

だんだん不愉快になるばかりであった。

「白痴じゃないですか、あれは。」

僕たちは、眉山のいない時には、思い切り鬱憤《うっぷん》をはらした。

「いかに何でも、ひどすぎますよ。この家も、わるくはないが、どうもあの眉山がいるんじゃあ。」

「あれで案外、自惚《うぬぼ》れているんだぜ。僕たちにこんなに、きらわれているとは露知らず、かえって皆の人気者、……」

「わあ！　たまらねえ。」

「いや、おおきにそうかも知れん。なんでも、あれは、貴族、……」

「へえ？　それは初耳。めずらしい話だな。眉山みずからの御託宣ですか？」

「そうですとも。その貴族の一件でね、あいつ大失敗をやらかしてね、誰かが、あいつをだまして、ほんものの貴婦人は、おしっこをする時、しゃがまないものだと教えたのですね、すると、あの馬鹿が、こっそり御不浄でためしてみて、いやもう、四方八方に飛散し、御不浄は海、しかもあとは、知らん顔、御承知でしょうが、ここの御不浄は、裏の菓物屋さんと共同のものなんですから、菓物屋さんは怒り、下のおかみさんに抗議して、犯人はてっきり僕たち、酔っぱらいには困る、という事になり、僕たちが無実の罪を着せられたというにがにがしい経験もあるんです、しかし、いくら僕たちが酔っぱらっていたって、あんな大洪水の失礼は致しませんからね、不審に思って、いろいろせんさくの結果、眉山でした、かれは僕たちにあっさり白状したんです、御不浄の構造が悪いんだそうです。」

「どうしてまた、貴族だなんて。」

「いまの、はやり言葉じゃないいんですか？　何でも、眉山の家は、静岡市の名門で、

……」

「名門？　ピンからキリまであるものだな。」

「住んでいた家が、ばかに大きかったんだそうです。戦災で全焼していまは落ちぶれたんだそうですけどね、何せ帝都座と同じくらいの大きさだったというんだから、おどろきますよ。よく聞いてみると、何、小学校なんです。その小学校の小使さんの娘なんですよ、あの眉山は。」

「うん、それで一つ思い出した事がある。あいつの階段の昇り降りが、いやに乱暴でしょう。昇る時は、ドスンドスン、降りる時はころげ落ちるみたいに、ダダダダダ。いやになりますよ、ダダダダダと降りてそのまま御不浄に飛び込んで扉をピシャリッでしょう。おかげで僕たちが、ほら、いつか、冤罪をこうむった事があったじゃありませんか。あの階段の下には、もう一部屋あって、おかみさんの親戚のひとが、歯の手術に上京して来ていてそこに寝ていたのですね。歯痛には、あのドスンドスンもダダダダも、ひびきますよ。おかみさんに言ったってね、私はあの二階のお客さんたちに殺されますって。ところが僕

たちの仲間には、そんな乱暴な昇り降りするひとは無い。でも、おかみさんに僕が代表で注意をされたんです。面白くないから、僕は、おかみさんに言いましたよ、あれは眉山、いや、トシちゃんにきまっていますって。すると、傍でそれを聞いていた眉山は、薄笑いして、私は小さい時から、しっかりした階段を昇り降りして育って来ましたから、とむしろ得意そうな顔で言うんですね。その時は、僕は、女って浅間《あさま》しい虚栄の法螺《ほら》を吹くものだと、ただ呆《あき》れていたんですが、そうですか、学校育ちですか、それなら、法螺じゃありません、小学校のあの階段は頑丈ですからねえ。」

「聞けば聞くほど、いやになる。あすからもう、河岸《かし》をかえましょうよ。いい潮時ですよ。他にどこか、巣を捜しましょう。」

そのような決意をして、よその飲み屋をあちこち覗《のぞ》いて歩いても、結局、また若松屋という事になるのである。何せ、借りが利くので、つい若松屋のほうに、足が向く。

はじめは僕の案内でこの家へ来たれいの頭の禿《は》げた林先生すなわち洋画家の橋田氏なども、その後は、ひとりでやって来てこの家の常連の一人になったし、その他にも、二、三そんな人物が出来た。

あたたかくなって、そろそろ桜の花がひらきはじめ、僕はその日、前進座の若手俳優の中村国男君と、眉山軒で逢って或る用談をすることになっていた。用談というのは、実は彼の縁談なのであるが、少しややこしく、僕の家では、ちょっと声をひそめて相談しなければならぬ事情もあったので、眉山軒で逢って互いに大声で論じ合うべく約束をしていたのである。中村国男君も、その頃はもう、眉山軒の半常連くらいのところになっていて、そうして眉山は、彼を中村武羅夫《むらお》氏だとばかり思い込んでいた。

行ってみると、中村武羅夫先生はまだ来ていなくて、林先生の橋田新一郎氏が土間のテーブルで、ひとりでコップ酒を飲みニヤニヤしていた。

「壮観でしたよ。眉山がミソを踏んづけちゃってね。」

「ミソ?」

僕は、カウンターに片肘をのせて立っているおかみさんの顔を見た。

おかみさんは、いかにも不機嫌そうに眉をひそめ、それから仕方無さそうに笑い出し、

「話にも何もなりゃしないんですよ、あの子のそそっかしさったら。外からバタバタ眼つきをかえて駈《か》け込んで来て、いきなり、ずぶりですからね。」

「踏んだのか。」

「ええ、きょう配給になったばかりのおミソをお重箱に山もりにして、私も置きどころが悪かったのでしょうけれど、わざわざそれに片足をつっ込まなくてもいいじゃありませんか。しかも、それをぐいと引き抜いて、爪先立ちになってそのまま便所ですからね。どん

なに、こらえ切れなくなっていたって、何もそれほどあわて無くてもよろしいじゃございませんか。お便所にミソの足跡なんか、ついていたひには、お客さまが何と、……」

と言いかけて、さらに大声で笑った。

「お便所にミソは、まずいね。」

と僕は笑いをこらえながら、

「しかし、御不浄へ行く前でよかった。御不浄から出て来た足では、たまらない。何せ眉山の大海《たいかい》といってね、有名なものなんだからね、その足でやられたんじゃ、ミソも変じてクソになるのは確かだ。」

「何だか、知りませんがね、とにかくあのおミソは使い物になりゃしませんから、いまトシちゃんに捨てさせました。」

「全部か？　そこが大事なところだ。時々、朝ここで、おみおつけのごちそうになる事があるからな。後学のために、おたずねする。」

「全部ですよ。そんなにお疑いなら、もう、うちではお客さまに、おみおつけは、お出し致しません。」

「そう願いたいね。トシちゃんは？」

「井戸端で足を洗っています。」

と橋田氏は引き取り、

「とにかく壮烈なものでしたよ。私は見ていたんです。ミソ踏み眉山。吉右衛門《きちえもん》の当り芸になりそうです。」

「いや、芝居にはなりますまい。おミソの小道具がめんどうです。」

橋田氏は、その日、用事があるとかで、すぐに帰り、僕は二階にあがって、中村先生を待っていた。

ミソ踏み眉山は、お銚子を持ってドスンドスンとやって来た。

「君は、どこか、からだが悪いんじゃないか？　傍に寄るなよ、けがれるわい。御不浄にばかり行ってるじゃないか。」

「まさか。」

と、たのしそうに笑い、

「私ね、小さい時、トシちゃんはお便所へいちども行った事が無いような顔をしているって、言われたものだわ。」

「貴族なんだそうだからね。……しかし、僕のいつわらざる実感を言えば、君はいつでもたったいま御不浄から出て来ましたって顔をしているが、……」

「まあ、ひどい。」

でも、やはり笑っている。

「いつか、羽織の裾を背中に背負ったままの姿で、ここへお銚子を持って来た事があったけれども、あんなのは、一目瞭然《いちもくりょうぜん》、というのだ、文学のほうではね。どだい、あんな姿で、お酌するなんて、失敬だよ。」

「あんな事ばかり。」

平然たるものである。

「おい、君、汚いじゃないか。客の前で、爪の垢をほじくり出すなんて。こっちは、これでもお客だぜ。」

「あら、だって、あなたたちも、皆こうしていらっしゃるんでしょう？　皆さん、爪がきれいだわ。」

「ものが違うんだよ。いったい、君は、風呂へはいるのかね。正直に言ってごらん。」

「それあ、はいりますわよ。」

と、あいまいな返事をして、

「私ね、さっき本屋へ行ったのよ。そうしてこれを買って来たの。あなたのお名前も出ていてよ。」

ふところから、新刊の文芸雑誌を出して、パラパラ頁を繰って、その、僕の名前の出ているところを捜している様子である。

「やめろ！」

　こらえ切れず、僕は怒声を発した。打ち据えてやりたいくらいの憎悪を感じた。

「そんなものを、読むもんじゃない。わかりゃしないよ、お前には。何だってまた、そんなものを買って来るんだい。無駄だよ。」

「あら、だって、あなたのお名前が。」

「それじゃ、お前は、僕の名前の出ている本を、全部片っ端から買い集めることが出来るかい。出来やしないだろう。」

　へんな論理であったが、僕はムカついて、たまらなかった。その雑誌は、僕のところにも恵送せられて来ていたのであるが、それには僕の小説を、それこそ、クソミソに非難している論文が載っているのを僕は知っているのだ。それを、眉山がれいの、けろりとした顔をして読む。いや、そんな理由ばかりではなく、眉山ごときに、僕の名前や、作品を、少しでもいじられるのが、いやでいやで、堪え切れなかった。いや、案外、小説がメシより好き、なんて言っている連中には、こんな眉山級が多いのかも知れない。それに気付かず、作者は、汗水流し、妻子を犠牲にしてまで、そのような読者たちに奉仕しているのではあるまいか、と思えば、泣くにも泣けないほどの残念無念の情が胸にこみ上げて来るのだ。

「とにかく、その雑誌は、ひっこめてくれ。ひっこめないと、ぶん殴るぜ。」

「わるかったわね。」

と、やっぱりニヤニヤ笑いながら、

「読まなければいいんでしょう?」

「どだい、買うのが馬鹿の証拠だ。」

「あら、私、馬鹿じゃないわよ。子供なのよ。」

「子供?　お前が?　へえ?」

僕は二の句がつげず、しんから、にがり切った。

それから数日後、僕はお酒の飲みすぎで、突然、からだの調子を悪くして、十日ほど寝込み、どうやら回復したので、また酒を飲みに新宿に出かけた。

黄昏《たそがれ》の頃だった。僕は新宿の駅前で、肩をたたかれ、振り向くと、れいの林先生の橋田氏が微醺《びくん》を帯びて笑って立っている。

「眉山軒ですか?」

「ええ、どうです、一緒に。」

と、僕は橋田氏を誘った。

「いや、私はもう行って来たんです。」

「いいじゃありませんか、もう一回。」

「おからだを、悪くしたとか、……」

「もう大丈夫なんです。まいりましょう。」

「ええ。」

橋田氏は、そのひとらしくも無く、なぜだか、ひどく渋々応じた。

裏通りを選んで歩きながら、僕は、ふいと思い出したみたいな口調でたずねた。

「ミソ踏み眉山は、相変わらずですか？」

「いないんです。」

「え？」

「きょう行ってみたら、いないんです。あれは、死にますよ。」

ぎょっとした。

「おかみから、いま聞いて来たんですけどね、」

と橋田氏も、まじめな顔をして、

「あの子は、腎臓結核《じんぞうけっかく》だったんだそうです。もちろん、おかみにも、また、トシちゃんにも、そんな事とは気づかなかったが、妙にお小用が近いので、おかみがトシちゃんを病院に連れて行って、しらべてもらったらその始末で、しかも、もう両方の腎臓が犯されていて、手術も何もすべて手おくれで、あんまり永い事は無いらしいのですね。それで、おかみは、トシちゃんには何も知らせず、静岡の父親のもとにかえしてやったんだそうです。」

「そうですか。……いい子でしたがね。」

思わず、溜息と共にその言葉が出て、僕は狼狽《ろうばい》し、自分で自分の口を覆《おお》いたいような心地がした。

「いい子でした。」

と、橋田氏は、落ちついてしみじみ言い、

「いまどき、あんないい気性の子は、めったにありませんですよ。私たちのためにも、一生懸命つとめてくれましたからね。私たちが二階に泊まって、午前二時でも三時でも眼がさめるとすぐ、下へ行って、トシちゃん、お酒、と言えば、その一ことで、ハイッと返事して、寒いのに、ちっともたいぎがらずにすぐ起きてお酒を持って来てくれましたね、あんな子は、めったにありません。」

涙が出そうになったので、僕は、それをごまかそうとして、

「でも、ミソ踏み眉山なんて、あれは、あなたの命名でしたよ。」

「悪かったと思っているんです。腎臓結核は、おしっこが、ひどく近いものらしいですからね、ミソを踏んだり、階段をころげ落ちるようにして降りてお便所にはいるのも、無理

がないんですよ。」

「眉山の大海《たいかい》も？」

「きまっていますよ、」

と橋田氏は、僕の茶化すような質問に立腹したような口調で、

「貴族の立小便なんかじゃありませんよ。少しでも、ほんのちょっとでも永く、私たちの傍にいたくて、我慢に我慢をしていたせいですよ。階段をのぼる時の、ドスンドスンも、病気でからだが大儀で、それでも、無理して、私たちにつとめてくれていたんです。私たちみんな、ずいぶん世話を焼かせましたからね。」

僕は立ちどまり、地団駄《じだんだ》踏みたい思いで、

「ほかへ行きましょう。あそこでは、飲めない。」

「同感です。」

僕たちは、その日から、ふっと河岸《かし》をかえた。

鍛冶屋の子

新美南吉

何時まで経ってもちっとも開けて行かない、海岸から遠い傾いた町なんだ。

——街路はせまい、いつでも黒くきたない、両側にぎっしり家が並んでいる、ひさしに白いほこりが、にぶい太陽の光にさらされている、通る人は太陽を知らない人が多い、そしてみんな麻ひしているようだ——

新次は鍛冶屋にのんだくれの男を父として育った少年であった。母は彼の幼い時に逝った。兄があったが、馬鹿で、もういい年をしていたが、ほんの子供のような着物をつけて、付近の子供と遊んでばかしいた。兄の名は馬右エ門と云った。しかし誰も馬右エ門と云わず、「馬」と呼んだ。

「馬、お前は利口かい」

「利口だ」

「何になるんだ」

「大将」

小さい少年が、訊ねるのに対して、笑われるとも知らないでまじめに答えている兄を見る時、新次は情けなくなった。兄はよく着物をよごして来た。小さい少年にだまされて、溝なんかに落ちたのであった。その度に新次は着物を洗濯せなければならなかった。

「兄さん」新次がこう呼びかけても馬右エ門は答えないのを知っていたけれど（馬右エ門は誰からでも「馬」と呼ばれない限り返事をしなかった）度々こう呼びかけた。がやはりきょろんとしていて答えない兄を見ると、「兄さん」と云うと「おい」と答える兄をどんなに羨しく思った事か。

新次は去年小学校を卒業して、今は、父の仕事をたすけ、一方、主婦の仕事を一切しなければならなかったのである。何時でも彼は、彼の家庭の溝の中のように暗く、そしてすっぱい事を考えた。

炊事を終えて、黒くひかっている冷たいふとんにもぐってから、こんな事をよく思った

せめておっ母《かあ》が生きていて呉れたらナ。せめて馬右エ門がも少ししっかりしていてお父《と》つぁんの鎚を握ってくれたらナ、

せめてお父つぁんが酒をよしてくれたらナ――

けれど、直、「そんな事が叶ったら世の中の人は皆幸福になって了うではないか」とすてたようにひとり笑った。

まったくのんだくれの父だった。仕事をしている最中でもふらふらと出て行っては、やがて青い顔をして眼を据えて帰って来た。酒をのめばのむ程、彼は青くなり、眼はどろーんと沈澱してしまう彼の性癖であった。葬式なんかに招かれた時でも、彼は、がぶがぶと呑んでは、愁に沈んでいる人々に、とんでもない事をぶっかける為、町の人々は、彼をもてあましていた。彼は六十に近い老人で、丈はずばぬけて高かった。そして、酒を呑んだ時は必っとふとんをかぶって眠った。しかし、大きないびきなんか決して出さなかった。死んだように眠っていては、時々眼ざめてしくしく泣いた。そんな時など、新次はことにくらくされた。

学校の先生が、一度新次の家に来た時、若い先生は、酒の身体によくない事を説いた。新次の父は、

「酒は毒です、大変毒です、私はやめようと思います、まったくうまくないです、苦いで

す、私はやめようと思います、それでもやっぱりあかんです」と云って、空虚な声で「ハッハッハッ」と笑った。

馬右エ門がふいと帰って来て、鉄柵にする太い手頃の鉄棒を一本ひっぱり出して、黙って火の中にさし込んだ。一人で仕事をしていた新次は不思議に思ってするがままにして置いた。真赤になった棒を、馬右エ門は叩き始めた。鎚をふり下ろそうとする瞬間瞬間に、赤くやけたくびの筋肉がぐっとしまるのを、新次はうれしく思って見つめていた。手拭を力一ぱいしぼるような快さが新次の体の中を流れた。馬右エ門にだって力があるんだ！力が！――

「何を造るんけ？」

「がだな」よだれの中から馬右エ門は云った。

「かたな？　かたなみたいなものを」

木の実だと思って拾ったのがやっぱりからにすぎなかった時のように新次は感じた。ふと、思切りなぐりつけてやろうかと思ったが、ぼんやりして、馬右エ門のむくれ上がるくびを見ていた。

町の横を通る電車道の工事に多くの朝鮮人がこの町にやって来て、鍛冶の仕事が増して来ると、新次の家も幾分活気づいた。

父も新次もよく働いた。けれど、父は依然として酒にひたった。

「お父つぁん、ちっと酒をひかえてくれよ、酒は毒だで、そして仕事もはかどらんで」

新次は、父に云った。

「まったく酒は毒だ、酒は苦い、けれど俺はやめられん、きさまは酒のむようになるなよ」

父は云った。

ふっと眼を開いて見ると、すすけた神棚の下で、酒を飲んでいる馬右エ門の姿が、五燭の赤い電燈の光に見えた。新次は、泥棒を見つけた以上にはっとして、頭が白くなるような悪感に近い或物におそわれた。馬鹿に静かな赤い光の中に、馬右エ門ののどがごくごく動いた。少し今夜は具合が悪いと云って、父が残して置いた酒の徳利を馬右エ門の左手はしっかり摑んでいた。

「馬エ！」

新次のすぐ隣に今まで寝ていた父が、むっくり頭を抬《もた》げた。

馬右エ門は、

「うッ」と赤い顔をこちらへ向けて、しまりのない口を見せた。

父のせーせーと肩を上下して呼吸しているのが新次には恐ろしかった。父の眼は、じっと白痴の馬右エ門を見つめ、静脈のはっきり現われている手はわなないていた。

「馬エ、おぬしは酒を飲むか――」父はふらふらと立上がって馬右エ門に近づいた。

「この野郎！」父は叫んで、ニヤニヤしている馬右エ門の横面にガンとくらわせた。馬右エ門は笑うのをハタと止めた。父の苦しげな呼吸はますます烈しくなった。

そして又、殴ろうとした。新次は我知らず跳出して行って、父を止めた。

「お父つぁん、馬は阿呆じゃねえか、打ったってあかんだ」

父は眼を落として、

「ん、馬エは阿呆だったナ」とふるえ声で云って、元の寝床へ帰って、ふとんをかむってしまった。その騒ぎで酒はこぼれてしまったので、馬右エ門も床に這入った。新次は一寸《ちょっと》片付けて、ふとんにむぐり込んだけれど、どうしても眠られなかった。

「新」父が小さい声で呼んだ。

「ん」

「俺あ酒を止めるぞ」ふとんの中から云った。

父は酒を飲まなくなってしまった。しかし、それからは何処か加減が悪くて床を出られなくなった。

新次は、一人で鎚をふりあげた。父は目立って面やつれがして行った。それでも、日頃酒の為没交渉の父には、見舞に来て呉れる人とては一人となかった。

鎚をふりあげながら、新次は、父はこのまま死んでしまうのではないかしらと思った。

――父が死んだらどうするのだ、馬右エ門は白痴だし――

酒を買って来た新次が、父の枕元に坐って、

「お父つぁん」と呼んだ。父は重たげに首をうごかして、

「ん」と答えた。

「酒買って来たで飲んでくれよ」

「酒を買って来た？　新、何故酒なんか買って来たんだ」

力のない声で、新次を叱ったけれど、父は、きらりと涙を光らした。

「お父つぁん飲んでくれよ」

新次は、そっと父の枕元を去って、仕事場へ来ると、黒い柱に顔をすりつけて泣いた。

泣いた。

何時まで経ってもちっとも開けて行かない海岸から遠い傾いた町なんだ。

火事とポチ

有島武郎

ポチの鳴声で僕は目がさめた。

眠たくってたまらなかったから、うるさいなとその鳴声を怒っている間もなく、真赤な火が眼に映ったので、驚いて両方の眼をしっかり開いて見たら、戸棚の中じゅうが火になっているので、二度驚いて飛び起きた。そうしたら僕のそばに寝ているはずのお婆さまが、何か黒い布のようなもので、夢中になって戸棚の火をたたいていた。何んだか知れないけれども僕は、お婆さまの様子が滑稽にも見え、怖ろしくも見えて、思わずその方に駈けよった。そうしたらお婆さまは黙ったままでうるさそうに僕を払い退けておいて、その布のようなものを滅多やたらに振り回した。それが僕の手に触ったらぐしょぐしょに濡れているのが知れた。

「お婆さま、どうしたの」

と聞いて見た。お婆さまは戸棚の中の火の方ばかり見て答えようともしない。僕は火事じゃないかと思った。これが火事というものじゃないかと思った。

ポチが戸の外で気狂いのように鳴いている。

部屋の中は、障子も、壁も、床の間も、違い棚も昼間のように明るくなっていた。お婆さまの影坊子《かげぼうし》が大きくそれに映って、怪物か何かのように動いていた。ただお婆さまが僕に一言も物をいわないのが変だった。急に唖《おし》になったのだろうか。そしていつものようには僕を可愛がってくれずに、僕が近寄っても邪魔者あつかいにする。

これはどうしても大変だと僕は思った。僕は夢中《むちゅう》になってお婆さまにかじりつこうとした。そうしたらあんな弱いお婆さまが黙ったままで、いやというほど僕を払いのけたので僕は襖のところまでけし飛ばされた。

火事なんだ。お婆さまが一人で消そうとしているんだ。それがわかるとお婆さま一人では駄目だと思ったから、僕はすぐ部屋を飛び出して、お父さんとお母さんとが寝ている離れの所に行って、

「お父さん……お母さん……」

と思いきり大きな声を出した。

僕の部屋の外で鳴いていると思ったポチがいつの間にかそこに来ていて、きゃんきゃんとひどく鳴いていた。僕が大きな声を出すか出さないにお母さんが寝衣のままで飛び出して来た。

「どうしたというの」

とお母さんは内所話のような小さな声で、僕の両肩をしっかり押えて僕に聞いた。

「大変なの……」

「大変なの、僕の部屋が火事になったよう」といおうとしたが、どうしても「大変なの」きりであとは声が出なかった。

お母さんの手は震えていた。その手が僕の手を引いて、僕の部屋の方に行ったが、開けっぱなしになっている襖の所から火が見えたら、お母さんはいきなり「あれえ」といって、僕の手を振りはなすなり、その部屋に飛び込もうとした。僕はがむしゃらにお母さんにかじりついた。その時お母さんは始めてそこに僕のいるのに気がついたように、うつ向いて僕の耳の所に口をつけて、

「早く早くお父さんをお起こしして、……それからお隣りに行って……お隣りのおじさんを起こすんです、火事ですって……いいかい、早くさ」

そんなことをお母さんはいったようだった。

そこにお父さんも走って来た。僕はお父さんには何にもいわないで、すぐ上り口に行った。そこは真暗らだった。裸足で土間に飛び下りて、かきがねを外して戸を開けることが出来た。そこは真暗らだった。すぐ飛び出そうとしたけれども、裸足だと足を怪我して恐ろしい病気になるとお母さんから聞いていたから、暗闇の中で手さぐりにさぐったら大きな草履があったから、誰れのだか知らないけれどもそれをはいて戸外に飛び出した。戸外も真暗らで寒かった。普段なら気味が悪くって、とても夜中にひとりで歩くことなんか出来ないのだけれども、その晩だけは何んともなかった。ただ何かにけつまずいてころびそうなので、思いきり足を高く上げながら走った。僕を悪者《わるもの》とでも思ったのか、いきなりポチが走って来て、吠えながら飛びつこうとしたが、すぐ僕だと知れると、僕の前になったり後になったりして、門の所まで追っかけて来た。そして僕が門を出たら、暫らく僕を見ていたが、すぐ変な鳴き声を立てながら家の方に帰っていってしまった。

僕も夢中で駈けた。お隣りのおじさんの門をたたいて、

「火事だよう」

と二三度怒鳴った。その次ぎの家も起こす方がいいと思って僕は次ぎの家の門をたたいて又怒鳴った。その次ぎにも行った。そして自分の家の方を見ると、さっきまで真暗らだっ

たのに、屋根の下の所あたりから、火がちょろちょろと燃え出していた。ぱちぱちと焚火のような音も聞こえていた。ポチの鳴き声もよく聞こえていた。

僕の家は町からずっと離れた高台にある官舎町にあったから、僕が「火事だよう」といって歩いた家は皆んな知った人の家だった。後を振りかえって見ると、二人三人ずつ黒い人影が僕の家の方に走って行くのが見える。僕はそれが嬉しくって、なおのこと、次ぎの家から次ぎの家へと怒鳴って歩いた。

二十軒位もそうやって怒鳴って歩いたら、自分の家から随分遠くに来てしまっていた。少し気味が悪くなって僕は立ちどまってしまった。そしてもう一度家の方を見た。もう火は大分燃え上がって、そこいらの樹や板塀なんかがはっきりと絵に描いたように見えた。風がないので、火は真直に上の方に燃えて、火の子が空の方に高く上がって行った。ぱちぱちという音の外に、ぱんぱんと鉄砲《てっぽう》を打つような音も聞こえていた。立ちどまって見ると、僕の体はぶるぶる震えて、膝小僧と下顎とががちがち音を立てるかと思うほどだった。急に家が恋しくなった。お婆さまも、お父さんも、お母さんも、妹や弟たちも如何しているだろうと思うと、もうとてもその先きまで怒鳴って歩く気にはなれないで、いきなり来た道を夢中で走り出した。走りながらも僕は燃え上がる火から眼をはなさなかった。真暗ななかに、僕の家だけが焚火のように明るかった。顔までが火照ってるようだった。何か大きな声でわめき合う人の声がした。そしてポチの気違いのように鳴く声が。

町の方からは半鐘《はんしょう》も鳴らないし、ポンプも来ない。僕はもう家はすっかり焼けてしまうと思った。明日からは何を喰べて、何所に寝るのだろうと思いながら、早く皆んなの顔が見たさに一生懸命に走った。

家の少し手前で、僕は一人の大きな男がこっちに走って来るのに遇った。よく見るとその男は、僕の妹と弟とを両脇《りょうわき》にしっかりとかかえていた。妹も弟も大きな声を出して泣いていた。僕はいきなりその大きな男は人さらいだと思った。官舎町の後ろは山になっていて、大きな森の中の古寺に一人の乞食が住んでいた。僕たちが戦《いくさ》ごっこをしに山に遊びに行って、その乞食を遠くにでも見付けたら最後、大急ぎで、「人さらいが来たぞ」といいながら逃げるのだった。その乞食の人はどんなことがあっても駈けるということをしないで、繿縷《ぼろ》を引きずったまま、のそりのそりと歩いていたから、それに捕えられる気遣いはなかったけれども、遠くの方から僕たちの逃げるのを見ながら、牛のような声でおどかすことがあった。僕達はその乞食を何よりも怖がった。僕はその乞食が妹と弟とをさらって行くのだと思ったのだ。うまいことにはその人は僕のそこにいるのには気がつかない程あわてていたと見えて、知らん顔をして、僕のそばを通りぬけて行った。僕はその人をやりすごして、少しの間如何しようかと思っていたが、妹や弟のいどころが知れなくなってしまっては大変だと気がつくと、家に帰るのはやめて、大急ぎでその男のあとを追いかけた。その人の足は本当に早かった。はいている大きな草履が邪魔になって脱ぎ捨てたくなる程だった。

その人は大きな声で泣きつづけている妹たちを小脇にかかえたまま、どんどん石垣のある横町へと曲って行くので、僕は段々気味が悪くなって来たけれども、火事どころの騒ぎではないと思って、頬かぶりをして尻をはしょったその人の後ろから、気づかれないようにくっついて行った。そうしたらその人はやがて橋本さんという家の高い石段をのぼり始めた。見るとその石段の上には、橋本さんの人たちが大勢立って、僕の家の方を向いて火事を眺めていた。そこにその乞食らしい人がのぼって行くのだから、僕は少し変だとおもった。そうすると橋本のおばさんが、上からいきなりその男の人に声をかけた。

「あなた帰っていらしったんですか……ひどくなりそうですね」

そうしたら、その乞食らしい人が、

「子供さんたちがけんのんだから連れて来たよ。竹男さんだけは何所に行ったかどうも見えなんだ」

と妹や弟を軽々とかつぎ上げながらいった。何んだ。乞食じゃなかったんだ。橋本のおじさんだったんだ。僕はすっかり嬉しくなってしまって、すぐ石段を上って行った。

「あら、竹男さんじゃありませんか」

と眼早く僕を見つけてくれたおばさんがいった。橋本さんの人たちは家中で僕達を家の中に連れこんだ。家の中には燈火《あかり》がかんかんついていて、真暗らなところを長い間歩いていた僕には大変うれしかった。寒いだろうといって、葛湯をつくったり、丹前を着せたりしてくれた。そうしたら僕は何んだか急に悲しくなった。家にはいってから泣きやんでいた妹たちも、僕がしくしく泣き出すと一緒になって大きな声を出しはじめた。

僕たちはその家の窓から、ぶるぶる震えながら、自分の家の焼けるのを見て夜を明かした。僕たちをおくとすぐ又出かけて行った橋本のおじさんが、びっしょり濡れて、泥だけになって、人ちがいがする程顔がよごれて帰って来た頃には、夜がすっかり明けはなれて、僕の家の所からは黒い煙と白い煙とが別々になって、よじれ合いながらもくもくと立ち上っていた。

「安心なさい。母屋は焼けたけれども離れだけは残って、お父さんもお母さんも皆んな怪我はなかったから……その中に連れて帰って上げるよ。今朝の寒さは格別だ。この一面の霜はどうだ」

といいながら、おじさんは井戸ばたに立って、あたりを眺めまわしていた。本当に井戸がわまでが真白になっていた。

橋本さんで朝御飯の御馳走になって、太陽が茂木の別荘の大きな槙《まき》の木の上に上った頃、僕たちはおじさんに連れられて家に帰った。

いつの間に、どこからこんなに来たろうと思うほど大勢の人が喧嘩腰になって働いていた。何所から何所まで大雨のあとのようにびしょびしょなので、草履がすぐ重くなって足の裏が気味悪く濡れてしまった。

離れに行ったら、これがお婆さまか、これがお父さんか、これがお母さんかと驚くほどに皆んな変わっていた。お母さんなんかは一度も見たことのないような変な衣物を着て、髪の毛なんかは目茶苦茶になって、顔も手も燻ったようになっていた。僕たちを見るといきなり駈けよって来て、三人を胸のところに抱きしめて、顔を僕たちの顔にすり付けてむせるように泣きはじめた。僕たちはすこし気味が悪く思った位だった。

変わったといえば家の焼け跡の変わりようもひどいものだった。黒こげの材木が、積木をひっくり返したように重なりあって、そこから煙りが臭いにおいと一緒にやって来た。そこいらが広くなって、何んだかそれを見るとお母さんじゃないけれども涙が出て来そうだった。

半分焦げたり、びしょびしょに濡れたりした焼け残りの荷物と一緒に、僕たち六人は小さな離れで暮らすことになった。御飯は三度々々官舎の人たちが作って来てくれた。熱い握り飯はうまかった。胡麻のふってあるのや、中から梅干の出て来るのや、海苔でそとが包んであるのや……こんなおいしい御飯は食べたことがないと思う程だった。

火は泥棒がつけたのらしいということがわかった。井戸のつるべ縄が切ってあって水を汲むことが出来なくなっていたのと、短刀が一本火に焼けて焼け跡から出て来たので、泥棒でもするような人のやったことだと警察の人が来て見込みをつけた。それを聞いてお母さんはようやく安心が出来たといった。お父さんは二三日の間、毎日警察に呼び出されて、始終腹を立てていた。お婆さまは、自分の部屋から火事が出たのを見つけ出した時は、あんまり仰天して口がきけなくなったのだそうだけれども、火事がすむとやっと物がいえるようになった。そのかわり、少し病気になって、狭い部屋の片隅に床を取ってねたきりになっていた。

僕たちは、火事のあった次の日からは、いつもの通りの気持ちになった。それればかりではない、却って普段より面白い位だった。毎日三人で焼け跡に出かけていって、人足の人なんかに邪魔だ、あぶないといわれながら、色々なものを拾い出して、銘々で見せあったり、取りかえっこをしたりした。

火事がすんでから三日目に、朝眼をさますとお婆さまがあわてるようにポチは如何しただろうとお母さんに尋ねた。お婆さまはポチがひどい目にあった夢を見たのだそうだ。あの犬が吠えてくれたばかりで、火事が起こったのを知ったので、若しポチが知らしてくれなければ焼け死んでいたかも知れないとお婆さまはいった。

そういえば本当にポチはいなくなってしまった。朝起きた時にも、焼け跡に遊びに行ってる時にも、何んだか一つ足らないものがあるようだったが、それはポチがいなかったんだ。僕がおこしに行く前に、ポチは離れに来て、雨戸をがりがり引掻きながら、悲しそうに吠えたので、お父さんもお母さんも眼をさましていたのだとお母さんもいった。そんな忠義なポチがいなくなったのを、僕たちは皆んな忘れてしまっていたのだ。ポチのことを思い出したら、僕は急に淋しくなった。ポチは、妹と弟とをのければ、僕の一番好きな友達なんだ。居留地に住んでいるお父さんの友達の西洋人がくれた犬で、耳の長い、尾のふさふさした大きな犬。長い舌を出してぺろぺろと僕や妹の頸《くび》の所を舐めて、くすぐったがらせる犬、喧嘩ならどの犬にだって負けない犬、滅多に吠えない犬、吠えると人でも馬でも怖がらせる犬、僕たちを見るときっと笑いながら駈けつけて来て飛びつく犬、芸当は何んにも出来ない癖に、何んだか可愛いい犬、芸当をさせようとすると、恥ずかしそうに横を向いてしまって、大きな眼を細くする犬。どうして僕はあの大事な友達がいなくなったのを今日まで思い出さずにいたろうと思った。

僕は淋しいばかりじゃない。口惜しくなった。妹と弟とにそういって、すぐポチを探しはじめた。三人で手分をして庭に出て、大きな声で「ポチ……ポチ……ポチ来い来い」と呼んで歩いた。官舎町を一軒々々聞いて歩いた。ポチが来てはいませんか。いません。何所かで見ませんでしたか。見ません。どこでもそういう返事だった。僕たちは腹もすかなくなってしまった。御飯だといって、女中が呼びに来たけれども帰らなかった。茂木の別荘の方から、乞食の人が住んでいる山の森の方へも行った。そして時々大きな声を出してポチの名を呼んで見た。そして立停って聞いていた。大急ぎで駈けて来るポチの足音が聞こえやしないかと思って。けれどもポチの姿も、足音も、鳴声も聞こえては来なかった。

「ポチがいなくなって可哀そうねえ。殺されたんだわ。きっと」

と妹は、淋しい山道に立ちすくんで泣き出しそうな声を出した。本当にポチが殺されるか盗まれでもしなければいなくなってしまう訳がないんだ。でもそんなことがあってたまるものか。あんなに強いポチが殺される気遣いは滅多にないし、盗もうとする人が来たら噛みつくに決っている。どうしたんだろうなあ。いやになっちまうなあ。

……僕は腹が立って来た。そして妹にいってやった。

「もとはっていえばお前が悪いんだよ。お前がいつか、ポチなんていやな犬、あっち行けっていったじゃないか」

「あら、それは冗談にいったんだわ」

「冗談だっていけないよ」

「それでポチがいなくなったんじゃないことよ」

「そうだい……そうだい。それじゃ何故いなくなったんだか知ってるかい……そうれ見ろ」

「あっちに行けっていったって、ポチは何所にも行きはしなかったわ」

「そうさ。それはそうさ……ポチだってどうしようかって考えていたんだい」

「でも兄さんだってポチをぶったことがあってよ」

「ぶちなんてしませんよだ」

「いいえ、ぶってよ本当に」

「ぶったっていいやい……ぶったって」

ポチが僕の汽車の玩具を目茶苦茶に毀したから、ポチがきゃんきゃんという程ぶったことがあった。……それを妹にいわれたら、何んだかそれがもとでポチがいなくなったようにもなって来た。でも僕はそう思うのはいやだった。どうしても妹が悪いんだと思った。妹が憎らしくなった。

「ぶったって僕はあとで可愛がってやったよ」

「私だって可愛がってよ」

妹が山の中でしくしく泣き出した。そうしたら弟まで泣き出した。僕も一緒に泣きたくなったけれども、口惜しいから我慢していた。

何んだか山の中に三人きりでいるのが急に怖いように思えてきた。そこに女中が僕たちを探しに来て、家では僕たちが見えなくなったので心配しているから早く帰れといった。女中を見たら妹も弟も急に声を張り上げて泣き出した。僕もとうとうむやみに悲しくなって泣き出した。そして女中に連れられて家に帰って来た。

「まああなた方は何所をうろついていたんです、御飯も喰べないで……そして三人ともそんなに泣いて……」

とお母さんは本当に怒ったような声でいった。そして握り飯を出してくれた。それを見たら急に腹がすいて来た。今まで泣いていて、すぐそれを喰べるのは少し恥ずかしかったけれども、すぐ喰べはじめた。

そこに、焼跡で働いている人足が来て、ポチが見つかったと知らせてくれた。僕たちもだったけれども、お婆さまやお母さんまで、大騒ぎをして「何所にいました」と尋ねた。

「ひどい怪我をして物置きのかげにいました」

と人足の人はいって、すぐ僕たちを連れていってくれた。僕は握り飯を放り出して、手についてる御飯粒を衣物で払い落としながら、大急ぎでその人のあとから駈け出した。妹や弟も負けず劣らずついて来た。

半焼になった物置きが平べったく倒れている、その後に三四人の人足がかこんでいた。僕たちを迎えに来てくれた人足はその仲間の所にいって、「おいちょっとそこを退きな」といったら皆んな立ち上がった。そこにポチが丸まって寝ていた。

僕たちは夢中になって「ポチ」と呼びながら、ポチのところに行った。ポチは身動きもしなかった。僕たちはポチを一目見て驚いてしまった。体中を火傷したと見えて、ふさふさしていた毛が所々狐色に焦げて、泥が一ぱいこびりついていた。そして頭や足には血が真っ黒になってこびりついていた。ポチだかどこの犬だか分からない程穢なくなっていた、駈けこんでいった僕は思わず後しざりした。ポチは僕たちの来たのを知ると、少し頭を上げて血走った眼で悲しそうに僕たちの方を見た。そして前脚を動かして立とうとしたが、どうしても立てないで、そのままねころんでしまった。

「可哀そうに、落ちて来た材木で腰っ骨でもやられたんだろう」

「何しろ一晩中きゃんきゃんいって火のまわりを飛び歩いていたから、疲れもしたろうよ」

「見や、あすこからあんなに血が流れてらあ」

人足たちが口々にそんなことをいった。本当に血が出ていた。左の後脚のつけ根の所から血が流れて、それが地面までこぼれていた。

「いたわってやんねえ」

「俺りゃいやだ」

そんなことをいって、人足たちも看病してやる人はいなかった。僕は何んだか気味が悪かったけれども、あんまり可哀そうなので、怖々遠くから頭を撫でてやったら、鼻の先を震わしながら、眼をつぶって頭をもち上げた。それを見たら僕は穢いのも気味の悪いのも忘れてしまって、いきなりそのそばに行って頭を抱えるようにして可愛がって可愛がってやった。何故こんな可愛いい友達を一度でもぶったろうと思って、もうポチがどんなことをしてもぶつなんて、そんなことはしまいと思った。ポチはおとなしく眼をつぶったままで僕の方に頭を寄せかけて来た。体中がぶるぶる震えているのがわかった。

妹や弟もポチのまわりに集まって来た。その中にお父さんもお母さんも来た。僕はお父さんを手伝って、バケツで水を運んで来て、奇麗な白い切れで静かに泥や血を洗い落としてやった。痛い所を洗ってやる時には、ポチはそこに鼻先を持って来て、洗う手を押し退けようとした。

「よしよし静かにしていろ。今奇麗にして傷をなおしてやるからな」

お父さんが人間に物をいうようにやさしい声でこういったりした。お母さんは人に知れないように泣いていた。

よくふざけるポチだったのにもうふざけるなんて、そんなことはちっともしなくなった。それが僕には可哀そうだった。体をすっかり拭いてやったお父さんが、怪我がひどいから犬の医者を呼んで来るといって出かけて行った留守に、僕は妹たちに手伝ってもらって、藁で寝床を作ってやった。そしてタオルでポチの体をすっかり拭いてやった。ポチを寝床の上に臥かしかえようとしたら、痛いと見えて、はじめてひどい声を出して鳴きながら嚙みつきそうにした。人夫たちも親切に世話してくれた。そして板きれでポチのまわりに囲いをしてくれた。冬だから、寒いから、毛が濡れていると随分寒いだろうと思った。

医者が来て薬を塗ったり飲ませたりしてからは人足たちもお母さんも行ってしまった。弟も寒いからというのでお母さんに連れて行かれてしまった。けれどもお父さんと僕と妹とはポチの傍を離れないで、じっとその様子を見ていた。お母さんが女中に牛乳で煮たお粥を持って来させた。ポチは喜んでそれを喰べてしまった。火事の晩から三日の間ポチは何んにも喰べずに辛棒していたんだもの、さぞお粥がうまかったろう。

ポチはじっと丸まって震えながら眼をつぶっていた。眼頭の所が涙《なみだ》で始終濡れていた。そして時々細く眼を開いて僕たちをじっと見ると又睡った。

いつの間にか寒い寒い夕方が来た。お父さんがもう大丈夫だから家にはいろうといったけれども僕ははいるのがいやだった。夜どおしでもポチと一緒にいてやりたかった。お父さんは仕方なく寒い寒いといいながら一人で行ってしまった。

僕と妹だけがあとに残った。

あんまりよく睡るので死ぬんではないかと思って、小さな声で「ポチや」というとポチは面倒くさそうに眼を開いた。そして少しだけ尻尾をふって見せた。

とうとう夜になってしまった。夕御飯でもあるし、風邪をひくと大変だからといってお母さんが無理に僕たちを連れに来たので、僕と妹とはポチの頭をよく撫でてやって家に帰った。

次の朝に眼をさますと、僕は衣物も着かえないでポチの所に行って見た。お父さんがポチのわきにしゃごんでいた。そして、

「ポチは死んだよ」

といった。

ポチは死んでしまった。

ポチのお墓は今でも、あの乞食の人の住んでいた、森の中の寺の庭にあるか知らん。

春は馬車に乗って

横光利一

海浜の松が凩《こがらし》に鳴り始めた。庭の片隅で一叢《ひとむら》の小さなダリヤが縮んでいった。

彼は妻の寝ている寝台の傍《そば》から、泉水の中の鈍い亀《かめ》の姿を眺めていた。亀が泳ぐと、水面から輝《て》り返された明るい水影が、乾いた石の上で揺れていた。

「まアね、あなた、あの松の葉がこの頃それは綺麗《きれい》に光るのよ」と妻は云《い》った。

「お前は松の木を見ていたんだな」

「ええ」

「俺は亀を見てたんだ」

二人はまたそのまま黙り出そうとした。

「お前はそこで長い間寝ていて、お前の感想は、たった松の葉が美しく光ると云うことだけなのか」

「ええ、だって、あたし、もう何も考えないことにしているの」

「人間は何も考えないで寝ていられる筈《はず》がない」

「そりゃ考えることは考えるわ。あたし、早くよくなって、シャッシャッと井戸で洗濯がしたくってならないの」

「洗濯がしたい？」

彼はこの意想外の妻の欲望《よくぼう》に笑い出した。

「お前はおかしな奴《やつ》だね。俺に長い間苦労をかけておいて、洗濯がしたいとは変わった奴だ」

「でも、あんなに丈夫な時が羨《うらや》ましいの。あなたは不幸な方だわね」

「うむ」と彼は云った。

彼は妻を貰《もら》うまでの四五年に渡る彼女の家庭との長い争闘を考えた。それから妻と結婚してから、母と妻との間に挟まれた二年間の苦痛な時間を考えた。彼は母が死に、妻と二人になると、急に妻が胸の病気で寝て了《しま》ったこの一年間の艱難《かんなん》を思い出した。

「なるほど、俺ももう洗濯がしたくなった」

「あたし、いま死んだってもういいわ。だけども、あたし、あなたにもっと恩を返してから死にたいの。この頃あたし、そればかり苦になって」

「俺に恩を返すって、どんなことをするんだね」

「そりゃ、あたし、あなたを大切にして、……」

「それから」

「もっといろいろすることがあるわ」

――しかし、もうこの女は助からない、と彼は思った。

「俺はそう云うことは、どうだっていいんだ。ただ俺は、そうだね。俺は、ただ、ドイツのミュンヘンあたりへいっぺん行って、それも、雨の降っている所でなくちゃ行く気がしない」

「あたしも行きたい」と妻は云うと、急に寝台の上で腹を波のようにうねらせた。

「お前は絶対安静だ」

「いや、いや、あたし、歩きたい。起こしてよ、ね、ね」

「駄目だ」

「あたし、死んだっていいから」

「死んだって、始まらない」

「いいわよ、いいわよ」

「まア、じっとしてるんだ。それから、一生の仕事に、松の葉がどんなに美しく光るかって云う形容詞を、たった一つ考え出すのだね」

妻は黙って了った。彼は妻の気持ちを転換さすために、柔らかな話題を選択しようとして立ち上がった。

海では午後の波が遠く岩にあたって散っていた。一艘《そう》の舟が傾きながら鋭い岬の尖端《せんたん》を廻っていった。渚《なぎさ》では逆巻く濃藍色《のうらんしょく》の背景の上で、子供が二人湯気の立った芋を持って紙屑《かみくず》のように坐《すわ》っていた。

彼は自分に向かって次ぎ次ぎに来る苦痛の波を避けようと思ったことはまだなかった。このそれぞれに質を違えて襲って来る苦痛の波の原因は、自分の肉体の存在の最初に於《お》いて働いていたように思われたからである。彼は苦痛を、譬《たと》えば砂糖を甜《な》める舌のように、あらゆる感覚の眼を光らせて吟味しながら甜め尽くしてやろうと決心した。そうして最後に、どの味が美味《うま》かったか。――俺の身体《からだ》は一本のフラスコだ。何ものよりも、先《ま》ず透明でなければならぬ。と彼は考えた。

ダリヤの茎が干枯《ひから》びた縄のように地の上でむすぼれ出した。潮風が水平線の上から終日吹きつけて来て冬になった。

彼は砂風の巻き上がる中を、一日に二度ずつ妻の食べたがる新鮮な鳥の臓物を捜しに出かけて行った。彼は海岸町の鳥屋という鳥屋を片端から訪ねていって、そこの黄色い俎《まないた》の上から一応庭の中を眺め廻してから訊《き》くのである。

「臓物はないか、臓物は」

彼は運好《よ》く瑪瑙《めのう》のような臓物を氷の中から出されると、勇敢な足どりで家に帰って妻の枕元《まくらもと》に並べるのだ。

「この曲玉《まがたま》のようなのは鳩《はと》の腎臓《じんぞう》だ。この光沢のある肝臓はこれは家鴨《あひる》の生胆《いきぎも》だ。これはまるで、噛《か》み切った一片の唇のようで、この小さな青い卵は、これは崑崙山《こんろんざん》の翡翠《ひすい》のようで」

すると、彼の饒舌《じょうぜつ》に煽動《せんどう》させられた彼の妻は、最初の接吻《せっぷん》を迫るように、華やかに床の中で食慾のために身悶《みもだ》えした。彼は惨酷《ざんこく》に臓物を奪い上げると、直《す》ぐ鍋《なべ》の中へ投げ込んで了うのが常であった。

妻は檻《おり》のような寝台の格子《こうし》の中から、微笑しながら絶えず湧《わ》き立つ鍋の中を眺めていた。

「お前をここから見ていると、実に不思議な獣《けもの》だね」と彼は云った。

「まア、獣だって、あたし、これでも奥さんよ」

「うむ、臓物を食べたがっている檻の中の奥さんだ。お前は、いつの場合に於ても、どこか、ほのかに惨忍性を湛《たた》えている」

「それはあなたよ。あなたは理智《りち》的で、惨忍性をもっていて、いつでも私の傍から離れたがろうとばかり考えていらしって」

「それは、檻の中の理論である」

彼は彼の額に煙り出す片影のような皺《しわ》さえも、敏感に見逃さない妻の感覚を誤魔化すために、この頃いつもこの結論を用意していなければならなかった。それでも時には、妻の理論は急激に傾きながら、彼の急所を突き通して旋廻することが度々あった。

「実際、俺はお前の傍に坐っているのは、そりゃいやだ。肺病と云うものは、決して幸福なものではないからだ」

彼はそう直接妻に向かって逆襲することがあった。

「そうではないか。俺はお前から離れたとしても、この庭をぐるぐる廻っているだけだ。俺はいつでも、お前の寝ている寝台から綱をつけられていて、その綱の画《えが》く円周の中で廻っているより仕方がない。これは憐《あわ》れな状態である以外の、何物でもないではないか」

「あなたは、あなたは、遊びたいからよ」と妻は口惜《くや》しそうに云った。

「お前は遊びたかないのかね」

「あなたは、他の女の方と遊びたいのよ」

「しかし、そう云うことを云い出して、もし、そうだったらどうするんだ」

そこで、妻が泣き出して了うのが例であった。彼は、はッとして、また逆に理論を極めて物柔らかに解きほぐして行かねばならなかった。

「なるほど、俺は、朝から晩まで、お前の枕元にいなければならないと云うのはいやなのだ。それで俺は、一刻も早く、お前をよくしてやるために、こうしてぐるぐる同じ庭の中を廻っているのではないか。これには俺とて一通りのことじゃないさ」

「それはあなたのためだからよ。私のことを、一寸《ちょっと》もよく思ってして下さるんじゃないんだわ」

彼はここまで妻から肉迫されて来ると、当然彼女の檻の中の理論にとりひしがれた。だが、果たして、自分は自分のためにのみ、この苦痛を噛み殺しているのだろうか。

「それはそうだ、俺はお前の云うように、俺のために何事も忍耐しているのにちがいない。しかしだ、俺が俺のために忍耐していると云うことは、一体誰故《だれゆえ》にこんなことをしていなければ、ならないんだ。俺はお前さえいなければ、こんな馬鹿《ばか》な動物園の真似《まね》はしていたくないんだ。そこをしていると云うのは、誰のためだ。お前以外の俺のためだとでも云うのか。馬鹿馬鹿しい」

こう云う夜になると、妻の熱は定《きま》って九度近くまで昇り出した。彼は一本の理論を鮮明にしたために、氷嚢《ひょうのう》の口を、開けたり閉めたり、夜通ししなければならなかった。

しかし、なお彼は自分の休息する理由の説明を明瞭《めいりょう》にするために、この懲《こ》りるべき理由の整理を、殆《ほとん》ど日日し続けなければならなかった。彼は食うためと、病人を養うためとに別室で仕事をした。すると、彼女は、また檻の中の理論を持ち出して彼を攻めたてて来るのである。

「あなたは、私の傍をどうしてそう離れたいんでしょう。今日はたった三度よりこの部屋へ来て下さらないんですもの。分かっていてよ。あなたは、そう云う人なんですもの」

「お前と云う奴は、俺がどうすればいいと云うんだ。俺は、お前の病気をよくするために、薬と食物とを買わなければならないんだ。誰がじっとしていて金をくれる奴があるものか。お前は俺に手品でも使えと云うんだね」

「だって、仕事なら、ここでも出来るでしょう」と妻は云った。

「いや、ここでは出来ない。俺はほんの少しでも、お前のことを忘れているときでなければ出来ないんだ」

「そりゃそうですわ。あなたは、二十四時間仕事のことより何も考えない人なんですもの、あたしなんか、どうだっていいんですわ」

「お前の敵は俺の仕事だ。しかし、お前の敵は、実は絶えずお前を助けているんだよ」

「あたし、淋《さび》しいの」

「いずれ、誰だって淋しいにちがいない」

「あなたはいいわ。仕事があるんですもの。あたしは何もないんだわ」

「捜せばいいじゃないか」

「あたしは、あなた以外に捜せないんです。あたしは、じっと天井を見て寝てばかりいるんです」

「もう、そこらでやめてくれ。どちらも淋しいとしておこう。俺には締切りがある。今日書き上げないと、向こうがどんなに困るかしれないんだ」

「どうせ、あなたはそうよ。あたしより、締切りの方が大切なんですから」

「いや、締切りと云うことは、相手のいかなる事情をも退けると云う張り札なんだ。俺はこの張り札を見て引き受けて了った以上、自分の事情なんか考えてはいられない」

「そうよ、あなたはそれほど理智的なのよ。いつでもそうなの、あたし、そう云う理智的な人は、大嫌い」

「お前は俺の家の者である以上、他から来た張り札に対しては、俺と同じ責任を持たなければならないんだ」

「そんなもの、引き受けなければいいじゃありませんか」

「しかし、俺とお前の生活はどうなるんだ」

「あたし、あなたがそんなに冷淡になる位なら、死んだ方がいいの」

するると、彼は黙って庭へ飛び降りて深呼吸をした。それから、彼はまた風呂敷《ふろしき》を持って、その日の臓物を買いにこっそりと町の中へ出かけていった。

しかし、この彼女の「檻の中の理論」は、その檻に繋《つな》がれて廻っている彼の理論を、絶えず全身的な興奮をもって、殆ど間髪《かんはつ》の隙間《すきま》をさえも洩《も》らさずに追っ駈《か》けて来るのである。このため彼女は、彼女の檻の中で製造する病的な理論の鋭利さのために、自身の肺の組織を日日加速度的に破壊していった。

彼女の曾《かつ》ての円く張った滑らかな足と手は、竹のように痩《や》せて来た。胸は叩《たた》けば、軽い張子のような音を立てた。そうして、彼女は彼女の好きな鳥の臓物さえも、もう振り向きもしなくなった。

彼は彼女の食慾をすすめるために、海からとれた新鮮な魚の数々を縁側に並べて説明した。

「これは鮟鱇《あんこ》で踊り疲れた海のピエロ。これは海老《えび》で車海老、海老は甲冑《かっちゅう》をつけて倒れた海の武者。この鰺《あじ》は暴風で吹きあげられた木の葉である」

「あたし、それより聖書を読んでほしい」と彼女は云《い》った。

彼はポウロのように魚を持ったまま、不吉な予感に打たれて妻の顔を見た。

「あたし、もう何も食べたかないの、あたし、一日に一度ずつ聖書を読んで貰いたいの」

そこで、彼は仕方なくその日から汚《よご》れたバイブルを取り出して読むことにした。

「エホバよわが祈りをききたまえ。願くばわが号呼《さけび》の声の御前にいたらんことを。わが窮苦《なやみ》の日、み顔を蔽《おお》いたもうなかれ。なんじの耳をわれに傾け、我が呼ぶ日にすみやかに我にこたえたまえ。わがもろもろの日は煙のごとく消え、わが骨は焚木《たきぎ》のごとく焚《やか》るるなり。わが心は草のごとく撃《うた》れてしおれたり。われ糧《かて》をくらうを忘れしによる」

しかし、不吉なことはまた続いた。或《あ》る日、暴風の夜が開けた翌日、庭の池の中からあの鈍い亀《かめ》が逃げて了っていた。

彼は妻の病勢がすすむにつれて、彼女の寝台の傍からますます離れることが出来なくなった。彼女の口から、啖《たん》が一分毎《ごと》に出始めた。彼女は自分でそれをとることが出来ない以上、彼がとってやるよりとるものがなかった。また彼女は激しい腹痛を訴え出した。咳《せき》の大きな発作が、昼夜を分《わか》たず五回ほど突発した。その度に、彼女は自分の胸を引っ掻《か》き廻して苦しんだ。彼は病人とは反対に落ちつかなければならないと考えた。しかし、彼女は、彼が冷静になればなるほど、その苦悶《くもん》の最中に咳を続けながら彼を罵《ののし》った。

「人の苦しんでいるときに、あなたは、あなたは、他《ほか》のことを考えて」

「まア、静まれ、いま呶鳴《どな》っちゃ」

「あなたが、落ちついているから、憎らしいのよ」

「俺が、今狼狽《あわ》てては」

「やかましい」

彼女は彼の持っている紙をひったくると、自分の咳を横なぐりに拭《ふ》きとって彼に投げつけた。

彼は片手で彼女の全身から流れ出す汗を所を択《えら》ばず拭きながら、片手で彼女の口から咳出す啖を絶えず拭きとっていなければならなかった。彼の蹲《しゃが》んだ腰はしびれて来た。彼女は苦しまぎれに、天井を睨《にら》んだまま、両手を振って彼の胸を叩き出した。汗を拭きとる彼のタオルが、彼女の寝巻にひっかかった。すると、彼女は、蒲団《ふとん》を蹴《け》りつけ、身体をばたばた波打たせて起き上がろうとした。

「駄目だ、駄目だ、動いちゃ」

「苦しい、苦しい」

「落ちつけ」

「苦しい」

「やられるぞ」

「うるさい」

彼は楯《たて》のように打たれながら、彼女のざらざらした胸を撫《な》で擦《さす》った。

しかし、彼はこの苦痛な頂天に於てさえ、妻の健康な時に彼女から与えられた自分の嫉《しっ》妬《と》の苦しみよりも、寧《むし》ろ数段の柔らかさがあると思った。してみると彼は、妻の健康の肉体よりも、この腐った肺臓を持ち出した彼女の病体の方が、自分にとってはより幸福を与えられていると云うことに気がついた。

——これは新鮮だ。俺はもうこの新鮮な解釈によりすがっているより仕方がない。

彼はこの解釈を思い出す度に、海を眺めながら、突然あはあはと大きな声で笑い出した。

すると、妻はまた、檻の中の理論を引き摺《ず》り出して苦々しそうに彼を見た。

「いいわ、あたし、あなたが何《な》ぜ笑ったのかちゃんと知ってるんですもの」

「いや、俺はお前がよくなって、洋装をきたがって、ぴんぴんはしゃがれるよりは、静に寝ていられる方がどんなに有難いかしれないんだ。第一、お前はそうしていると、蒼《あお》ざめていて、気品がある。まア、ゆっくり寝ていてくれ」

「あなたは、そう云う人なんだから」

「そう云う人なればこそ、有難がって看病が出来るのだ」

「看病看病って、あなたは二言目には看病を持ち出すのね」

「これは俺の誇りだよ」

「あたし、こんな看病なら、して欲しかないの」

「ところが、俺が譬《たと》えば三分間向こうの部屋へ行っていたとする。すると、お前は三日も抛《ほ》ったらかされたように云うではないか、さア、何とか返答してくれ」

「あたしは、何も文句を云わずに、看病がして貰《もら》いたいの。いやな顔をされたり、うるさがられたりして看病されたって、ちっとも有難いと思わないわ」

「しかし、看病と云うのは、本来うるさい性質のものとして出来上がっているんだぜ」

「そりゃ分かっているわ。そこをあたし、黙ってして貰いたいの」

「そうだ、まあ、お前の看病をするためには、一族郎党を引きつれて来ておいて、金を百万円ほど積みあげて、それから、博士を十人ほどと、看護婦を百人ほどと」

「あたしは、そんなことなんかして貰いたかないの、あたし、あなた一人にして貰いたいの」

「つまり、俺が一人で、十人の博士の真似と、百人の看護婦と、百万円の頭取の真似をしろって云うんだね」

「あたし、そんなことなんか云ってやしない。あたし、あなたにじっと傍にいて貰えば安心出来るの」

「そら見ろ、だから、少々は俺の顔が顰《ゆが》んだり、文句を云ったりする位は我慢しろ」

「あたし、死んだら、あなたを怨《うら》んで怨んで怨んで、そして死ぬの」

「それ位のことなら、平気だね」

妻は黙って了《しま》った。しかし、妻はまだ何か彼に斬《き》りつけたくてならないように、黙って必死に頭を研《と》ぎ澄ましているのを彼は感じた。

しかし彼は、彼女の病勢を進ます彼自身の仕事と生活のことを考えねばならなかった、だが、彼は妻の看病と睡眠の不足から、だんだんと疲れて来た。彼は疲れれば疲れるほど、彼の仕事が出来なくなるのは分かっていた。彼の仕事が出来なければ出来ないほど、彼の生活が困り出すのも定《きま》っていた。それにも拘《かかわ》らず、昂進《こうしん》して来る病人の費用は、彼の生活の困り出すのに比例して増して来るのは明らかなことであった。然《しか》も、なお、いかなることがあろうとも、彼がますます疲労して行くことだけは事実である。

——それなら俺は、どうすれば良いのか。

——もうここらで俺もやられたい。そうしたら、俺は、なに不足なく死んでみせる。

彼はそう思うことも時々あった。しかし、また彼は、この生活の難局をいかにして切り抜けるか、その自分の手腕を一度はっきり見たくもあった。彼は夜中起こされて妻の痛む腹を擦《さす》りながら、

「なお、憂《う》きことの積《つも》れかし、なお憂きことの積れかし」

と呟《つぶや》くのが癖になった。ふと彼はそう云う時、茫々《ぼうぼう》とした青い羅紗《らしゃ》の上を、撞《つ》かれた球《たま》がひとり飄々《ひょうひょう》として転がって行くのが目に浮かんだ。

――あれは俺の玉だ、しかし、あの俺の玉を、誰がこんなに出鱈目《でたらめ》に突いたのか。

「あなた、もっと、強く擦ってよ、あなたは、どうしてそう面倒臭がりになったのでしょう。もとはそうじゃなかったわ。もっと親切に、あたしのお腹《なか》を擦って下さったわ。それだのに、この頃は、ああ痛、ああ痛」と彼女は云った。

「俺もだんだん疲れて来た。もう直《す》ぐ、俺も参るだろう。そうしたら、二人がここで呑気《のんき》に寝転んでいようじゃないか」

するると、彼女は急に静になって、床の下から鳴き出した虫のような憐《あわ》れな声で呟いた。

「あたし、もうあなたにさんざ我ままを云ったわね。もうあたし、これでいつ死んだっていいわ。あたし満足よ。あなた、もう寝て頂戴《ちょうだい》な。あたし我慢をしているから」

彼はそう云われると、不覚にも涙が出て来て、撫でてる腹の手を休める気がしなくなった。

庭の芝生が冬の潮風に枯れて来た。硝子戸《ガラスど》は終日辻馬車《つじばしゃ》の扉のようにがたがたと慄《ふる》えていた。もう彼は家の前に、大きな海のひかえているのを長い間忘れていた。

或る日彼は医者の所へ妻の薬を貰いに行った。

「そうそう。もっと前からあなたに云おう云おうと思っていたんですが」

と医者は云った。

「あなたの奥さんは、もう駄目ですよ」

「はア」

彼は自分の顔がだんだん蒼ざめて行くのをはっきりと感じた。

「もう左の肺がありませんし、それに右も、もう余程進んでおります」

彼は海浜に添って、車に揺られながら荷物のように帰って来た。晴れ渡った明るい海が、彼の顔の前で死をかくまっている単調な幕のように、だらりとしていた。彼はもうこのまま、いつまでも妻を見たくないと思った。もし見なければ、いつまでも妻が生きているのを感じていられるにちがいないのだ。

彼は帰ると直ぐ自分の部屋へ這入《はい》った。そこで彼は、どうすれば妻の顔を見なくて済まされるかを考えた。彼はそれから庭へ出ると芝生の上へ寝転んだ。身体《からだ》が重くぐったりと疲れていた。涙が力なく流れて来ると彼は枯れた芝生の葉を丹念にむしっていた。

「死とは何だ」

ただ見えなくなるだけだ、と彼は思った。暫《しばら》くして、彼は乱れた心を整えて妻の病室へ這入っていった。

妻は黙って彼の顔を見詰めていた。

「何か冬の花でもいらないか」

「あなた、泣いていたのね」と妻は云った。

「いや」

「そうよ」

「泣く理由がないじゃないか」

「もう分かっていてよ。お医者さんが何か云ったの」

妻はそうひとり定めてかかると、別に悲しそうな顔もせずに黙って天井を眺め出した。彼は妻の枕元の籐椅子《とういす》に腰を下ろすと、彼女の顔を更《あらた》めて見覚えて置くようにじっと見た。

——もう直ぐ、二人の間の扉は閉められるのだ。

——しかし、彼女も俺も、もうどちらもお互に与えるものは与えてしまった。今は残っているものは何物もない。

その日から、彼は彼女の云うままに機械のように動き出した。そうして、彼は、それが彼女に与える最後の餞別《せんべつ》だと思っていた。

或る日、妻はひどく苦しんだ後で彼に云《い》った。

「ね、あなた、今度モルヒネを買って来てよ」

「どうするんだね」

「あたし、飲むの、モルヒネを飲むと、もう眼が覚めずにこのままずっと眠って了うんですって」

「つまり、死ぬことかい？」

「ええ、あたし、死ぬことなんか一寸《ちょっと》も恐《こわ》かないわ。もう死んだら、どんなにいいかしれないわ」

「お前も、いつの間にか豪《えら》くなったものだね。そこまで行けば、もう人間もいつ死んだって大丈夫だ」

「でも、あたしね、あなたに済まないと思うのよ。あなたを苦しめてばっかりいたんですもの。御免なさいな」

「うむ」と彼は云った。

「あたし、あなたのお心はそりゃよく分かっているの。だけど、あたし、こんなに我ままを云ったのも、あたしが云うんじゃないわ。病気が云わすんだから」

「そうだ。病気だ」

「あたしね、もう遺言も何も書いてあるの。だけど、今は見せないわ。あたしの床の下にあるから、死んだら見て頂戴」

彼は黙って了った。――事実は悲しむべきことなのだ。それに、まだ悲しむべきことを云うのは、やめて貰いたいと彼は思った。

花壇の石の傍で、ダリヤの球根が掘り出されたまま霜に腐っていった。亀《かめ》に代わってどこからか来た野の猫が、彼の空《あ》いた書斎の中をのびやかに歩き出した。妻は殆《ほとん》ど終日苦しさのために何も云わずに黙っていた。彼女は絶えず、水平線を狙《ねら》って海面に突出している遠くの光った岬ばかりを眺めていた。

彼は妻の傍で、彼女に課せられた聖書を時々読み上げた。

「エホバよ、願くば忿恚《いきどおり》をもて我をせめ、烈《はげ》しき怒りをもて懲《こ》らしめたもうなかれ。エホバよ、われを憐れみたまえ、われ萎《しぼ》み衰うなり。エホバよわれを医《いや》したまえ、わが骨わななき震う。わが霊魂《たましい》さえも甚《いた》くふるいわななく。エホバよ、かくて幾その時をへたもうや。死にありては汝《なんじ》を思い出《い》ずることもなし」

彼は妻の啜《すす》り泣くのを聞いた。彼は聖書を読むのをやめて妻を見た。

「お前は、今何を考えていたんだね」

「あたしの骨はどこへ行くんでしょう。あたし、それが気になるの」

――彼女の心は、今、自分の骨を気にしている。――彼は答えることが出来なかった。

――もう駄目だ。

彼は頭《こうべ》を垂れるように心を垂れた。すると、妻の眼から涙が一層激しく流れて来た。

「どうしたんだ」

「あたしの骨の行き場がないんだわ。あたし、どうすればいいんでしょう」

彼は答えの代わりにまた聖書を急いで読み上げた。

「神よ、願くば我を救い給《たま》え。大水ながれ来《きた》りて我たましいにまで及べり。われ立止なき深き泥の中に沈めり。われ深水《ふかみず》におちいる。おお水わが上を溢《あふ》れ過ぐ。われ歎《なげ》きによりて疲れたり。わが喉《のど》はかわき、わが目はわが神を待ちわびて衰えぬ」

彼と妻とは、もう萎《しお》れた一対の茎のように、日日黙って並んでいた。しかし、今は、二人は完全に死の準備をして了った。もう何事が起ころうとも恐がるものはなくなった。そうして、彼の暗く落ちついた家の中では、山から運ばれて来る水甕《みずがめ》の水が、いつも静まった心のように清らかに満ちていた。

彼の妻の眠っている朝は、朝毎《あさごと》に、彼は海面から頭を擡《もた》げる新しい陸地の上を素足で歩いた。前夜満潮に打ち上げられた海草は冷たく彼の足にからまりついた。時には、風に吹かれたようにさ迷い出て来た海辺の童児が、生々しい緑の海苔《のり》に辷《すべ》りながら岩角をよじ登っていた。

海面にはだんだん白帆が増していった。海際《うみぎわ》の白い道が日増しに賑《にぎ》やかになって来た。或《あ》る日、彼の所へ、知人から思わぬスイトピーの花束が岬を廻って届けられた。

長らく寒風にさびれ続けた家の中に、初めて早春が匂《にお》やかに訪れて来たのである。

彼は花粉にまみれた手で花束を捧《ささ》げるように持ちながら、妻の部屋へ這入っていった。

「とうとう、春がやって来た」

「まア、綺麗《きれい》だわね」と妻は云うと、頬笑《ほほえ》みながら痩《や》せ衰えた手を花の方へ差し出した。

「これは実に綺麗じゃないか」

「どこから来たの」

「この花は馬車に乗って、海の岸を真っ先きに春を撒《ま》き撒きやって来たのさ」

妻は彼から花束を受けると両手で胸いっぱいに抱きしめた。そうして、彼女はその明るい花束の中へ蒼《あお》ざめた顔を埋めると、恍惚《こうこつ》として眼を閉じた。

蜜柑《みかん》

芥川龍之介

　ある曇った冬の日暮《ひぐれ》である。私《わたくし》は横須賀《よこすか》発上り二等客車の隅に腰を下して、ぼんやり発車の笛《ふえ》を待っていた。とうに電燈のついた客車の中には、珍らしく私のほかに一人も乗客はいなかった。外を覗くと、うす暗いプラットフォオムにも、今日は珍しく見送りの人影さえ跡を絶って、ただ、檻《おり》に入れられた小犬が一匹、時々悲しそうに、吠え立てていた。これらはその時の私の心もちと、不思議なくらい似つかわしい景色だった。私の頭の中には云いようのない疲労と倦怠《けんたい》とが、まるで雪曇りの空のようなどんよりした影を落していた。私は外套《がいとう》のポッケットへじっと両手をつっこんだまま、そこにはいっている夕刊を出して見ようと云う元気さえ起らなかった。

が、やがて発車の笛が鳴った。私はかすかな心の寛《くつろ》ぎを感じながら、後《うしろ》の窓枠へ頭をもたせて、眼の前の停車場がずるずると後《あと》ずさりを始めるのを待つともなく待ちかまえていた。ところがそれよりも先にけたたましい日和下駄《ひよりげた》の音が、改札口の方から聞え出したと思うと、間もなく車掌《しゃしょう》の何か云い罵《ののし》る声と共に、私の乗っている二等室の戸ががらりと開いて、十三四の小娘が一人、慌《あわただ》しく中へはいって来た、と同時に一つずしりと揺れて、徐《おもむろ》に汽車は動き出した。一本ずつ眼をくぎって行くプラットフォオムの柱、置き忘れたような運水車、それから車内の誰かに祝儀の礼を云っている赤帽――そう云うすべては、窓へ吹きつける煤煙《ばいえん》の中に、未練がましく後《うしろ》へ倒れて行った。私はようやくほっとした心もちになって、巻煙草《まきたばこ》に火をつけながら、始めて懶《ものう》い睚《まぶた》をあげて、前の席に腰を下していた小娘の顔を一瞥《べつ》した。

それは油気のない髪をひっつめの銀杏返《いちょうがえ》しに結って、横なでの痕《あと》のある皸《ひび》だらけの両頬を気持の悪いほど赤く火照《ほて》らせた、いかにも田舎者らしい娘だった。しかも垢《あか》じみた萌《もえ》黄色《ぎいろ》の毛糸の襟巻《えりまき》がだらりと垂れ下った膝の上には、大きな風呂敷包みがあった。そのまた包みを抱《だ》いた霜焼けの手の中には、三等の赤切符が大事そうにしっかり握られていた。私《わたくし》はこの小娘の下品な顔だちを好まなかった。それから彼女の服装が不潔なのもやはり不快だった。最後にその二等と三等との区別さえも弁《わきま》えない愚鈍な心が腹立たしかった。

だから巻煙草に火をつけた私は、一つにはこの小娘の存在を忘れたいと云う心もちもあって、今度はポッケットの夕刊を漫然と膝の上にひろげて見た。するとその時夕刊の紙面に落ちていた外光が、突然電燈の光に変って、刷《すり》の悪い何欄《なにらん》かの活字が意外なくらい鮮《あざやか》に私の眼の前へ浮んで来た。云うまでもなく汽車は今、横須賀線に多い隧道《トンネル》の最初のそれへはいったのである。

しかしその電燈の光に照らされた夕刊の紙面を見渡しても、やはり私の憂鬱を慰むべく、世間は余りに平凡な出来事ばかりで持ち切っていた。講和問題、新婦新郎、瀆職《とくしょく》事件、死亡広告——私は隧道へはいった一瞬間、汽車の走っている方向が逆になったような錯覚を感じながら、それらの索漠《さくばく》とした記事から記事へほとんど機械的に眼を通した。が、その間も勿論《もちろん》あの小娘が、あたかも卑俗《ひぞく》な現実を人間にしたような面《おも》持ちで、私の前に坐っている事を絶えず意識せずにはいられなかった。この隧道《トンネル》の中の汽車と、この田舎者の小娘と、そうしてまたこの平凡な記事に埋《うずま》っている夕刊と、——これが象徴でなくて何であろう。不可解な、下等な、退屈な人生の象徴でなくて何であろう。私は一切がくだらなくなって、読みかけた夕刊を抛《ほう》り出すと、また窓枠に頭を靠《もた》せながら、死んだように眼をつぶって、うつらうつらし始めた。

それから幾分《いくふん》か過ぎた後であった。ふと何かに脅《おびやか》されたような心もちがして、思わずあたりを見まわすと、いつの間にか例の小娘が、向う側から席を私の隣へ移して、頻《しき》りに窓を開けようとしている。が、重い硝子《ガラス》戸は中々思うようにあがらないらしい。あの皸《ひび》だらけの頬はいよいよ赤くなって、時々鼻洟《はな》をすすりこむ音が、小さな息の切れる声と一しょに、せわしなく耳へはいって来る。これは勿論私にも、幾分ながら同情を惹《ひ》くに足るものには相違なかった。しかし汽車が今将《まさ》に隧道《トンネル》の口へさしかかろうとしている事は、暮色の中に枯草ばかり明《あか》るい両側の山腹が、間近く窓側《がわ》に迫って来たのでも、すぐに合点《がてん》の行く事であった。にも関《かかわ》らずこの小娘は、わざわざしめてある窓の戸を下そうとする、――その理由が私には呑《の》みこめなかった。いや、それが私には、単にこの小娘の気まぐれだとしか考えられなかった。だから私は腹の底に依然として険《けわ》しい感情を蓄えながら、あの霜焼けの手が硝子戸を擡《もた》げようとして悪戦苦闘する容子《ようす》を、まるでそれが永久に成功しない事でも祈るような冷酷な眼で眺めていた。すると間もなく凄《すさま》じい音をはためかせて、汽車が隧道へなだれこむと同時に、小娘の開けようとした硝子戸は、とうとうばたりと下へ落ちた。そうしてその四角な穴の中から、煤《すす》を溶《と》かしたようなどす黒い空気が、俄《にわか》に息苦しい煙になって、濛々《もうもう》と車内へ漲《みなぎ》り出した。元来咽喉を害していた私は、手巾《ハンケチ》を顔に当てる暇《ひま》さえなく、この煙を満面に浴びせられたおかげで、ほとんど息もつけないほど咳《せ》きこまなければならなかった。が、小娘は私に頓着する気色《けしき》も見えず、窓から外へ首をのばして、闇を吹く風に銀杏返《いちょうがえ》しの鬢《びん》の毛を戦《そよ》がせながら、じっと汽車の進む方向を見やっている。その姿を煤煙と電燈の光との中に眺めた時、もう窓の外が見る見る明《あか》るくなって、そこから土の匂《におい》や枯草の匂や水の匂が冷かに流れこんで来なかったなら、ようやく咳《せ》きやんだ私は、この見知らない小娘を頭ごなしに叱りつけてでも、また元の通り窓の戸をしめさせたのに相違なかったのである。

しかし汽車はその時分には、もう安々《やすやす》と隧道《トンネル》を辷《すべ》りぬけて、枯草の山と山との間に挟まれた、ある貧しい町はずれの踏切りに通りかかっていた。踏切りの近くには、いずれも見すぼらしい藁屋根《わらやね》や瓦屋根がごみごみと狭苦しく建てこんで、踏切り番が振るのであろう、ただ一旒《いちりゅう》のうす白い旗が懶《ものう》げに暮色を揺《ゆす》っていた。やっと隧道を出たと思う——その時その蕭索《しょうさく》とした踏切りの柵《さく》の向うに、私は頬の赤い三人の男の子が、目白《めじろ》押しに並んで立っているのを見た。彼等は皆、この曇天に押しすくめられたかと思うほど、揃って背が低かった。そうしてこの町はずれの陰惨たる風物と同じような色の着物を着ていた。それが汽車の通るのを仰ぎ見ながら、一斉に手を挙げるが早いか、いたいけな喉《のど》を高く反《そ》らせて、何とも意味の分らない喊声《かんせい》を一生懸命に迸《ほとばし》らせた。するとその瞬間である。窓から半身を乗り出していた例の娘が、あの霜《しも》焼けの手をつとのばして、勢《いきお》いよく左右に振ったと思うと、たちまち心を躍らすばかり暖な日の色に染まっている蜜柑《みかん》がおよそ五つ六つ、汽車を見送った子供たちの上へばらばらと空から降って来た。私は思わず息を呑んだ。そうして刹那《せつな》に一切《いっさい》を了解した。小娘は、恐らくはこれから奉公先へ赴こうとしている小娘は、その懐に蔵していた幾顆《いくか》の蜜柑《みかん》を窓から投げて、わざわざ踏切りまで見送りに来た弟たちの労に報いたのである。

暮色を帯びた町はずれの踏切りと、小鳥のように声を挙げた三人の子供たちと、そうしてその上に乱落《らんらく》する鮮な蜜柑の色と——すべては汽車の窓の外に、瞬《また》く暇もなく通り過ぎた。が、私の心の上には、切ないほどはっきりと、この光景が焼きつけられた。そうしてそこから、ある得体の知れない朗《ほがら》かな心もちが湧き上って来るのを意識した。私は昂然《こうぜん》と頭を挙げて、まるで別人を見るようにあの小娘を注視した。小娘はいつかもう私の前の席に返って、相不変《あいかわらず》皸《ひび》だらけの頰を萌黄色《もえぎいろ》の毛糸の襟巻に埋《うず》めながら、大きな風呂敷包みを抱えた手に、しっかりと三等切符を握っている。……………

私はこの時始めて、云いようのない疲労と倦怠とを、そうしてまた不可解な、下等な、退屈な人生を僅《わずか》に忘れる事が出来たのである。

旅への誘《いざな》い

織田作之助

喜美子は洋裁学院の教師に似合わず、年中ボロ服同然のもっさりした服を、平気で身につけていた。自分でも吹きだしたいくらいブクブクと肥った彼女が、まるで袋のようなそんな不細工な服をかぶっているのを見て、洋裁学院の生徒たちは「達磨さん」と称んでいた。しかし、喜美子はそんな綽名をべつだん悲しみもせず、いかにも達磨さんめいたくりくりした眼で、ケラケラと笑っていた。

「達磨は面壁九年やけど、私《うち》は三年の辛抱で済むのや。」

三年経てば、妹の道子は東京の女子専門学校を卒業する、乾いた雑布を絞るような学資の仕送りの苦しさも、三年の辛抱で済むのだと、喜美子は自分に言いきかせるのであった。

両親をはやく失って、ほかに身寄りもなく、姉妹二人切りの淋しい暮らしだった。姉の喜美子はどちらかといえば醜い器量に生まれ、妹の道子は生まれつき美しかった。妹の道子が女学校を卒業すると、喜美子は、「姉ちゃん、私《うち》ちょっとも女専みたいな上の学校、行きたいことあれへん。私《うち》かて働くわ。」という道子を無理矢理東京の女子専門学校の寄宿舎へ入れ、そして自分は生国魂《いくだま》神社の近くにあった家を畳んで、北畠のみすぼらしいアパートへ移り、洋裁学院の先生になったその日から、もう自分の若さも青春も忘れた顔であった。

妹の学資は随分の額だのに、洋裁学院でくれる給料はお話にならぬくらい尠《すくな》く、夜間部の授業を受け持ってみても追っつかなかった。朝、昼、晩の三部教授の受持の時間をすっかり済ませて、古雑布のようにみすぼらしいアパートに戻って来ると、喜美子は古綿を千切って捨てたようにくたくたに疲れていたが、それでも夜更くまで洋裁の仕立の賃仕事をした。月に三度の公休日にも映画ひとつ見ようとせず、お茶ひとつ飲みにも行かず、切り詰め切り詰めた一人暮らしの中で、せっせと内職のミシンを踏み、急ぎの仕立の時には徹夜した。徹夜の朝には、誰よりも早く出勤した。

そして、自分はみすぼらしい服装に甘んじながら、妹の卒業の日をまるで泳ぎつくように待っているうちに、さすがに無理がたたったのか、喜美子は水の引くようにみるみる痩せて行った。

「こんな痩せた達磨さんテあれへんわ。」

鏡を見て喜美子はひとり笑ったが、しかし、やがてそんな冗談も言っておれぬくらい、だんだんに衰弱して行った。

道子がやっと女専を卒業して、大阪の喜美子のもとへ帰って来たのは、やがてアパートの中庭に桜の花が咲こうとする頃であった。

「お姉さま、只今、お会いしたかったわ。」

三年の間に道子はすっかり東京言葉になっていた。喜美子はうれしさに胸が温《あたた》まって、暫らく口も利けず、じっと妹の顔を見つめていたが、やがて、いきなり妹の手を卒業免状と一緒に強く握りしめた、その姉の手の熱さに、道子はどきんとした。

「あら、お姉さまの手、とっても熱い。熱があるみたい……」

言いながら道子は、びっくりしたように姉の顔を覗きこんで、

「……それに、随分お痩せになったわね。」

「ううん、なんでもあれへん。痩せた方が道《みち》ちゃんに似て来て、ええやないの。」

喜美子はそう言って淋しく笑ったが、しかし、その晩喜美子は三十九度以上の熱をだした。道子は制服のまま氷を割ったり、タオルを絞りかえたりした。朝、医者が来た。肋膜

を侵されているということだった。

　医者が帰ったあとで、道子は薬を貰いに行った。粉薬と水薬をくれたが、随分はやらぬ医者らしく、粉薬など粉がコチコチに乾いて、ベッタリと袋にへばりつき、何年も薬局の抽出の中に押しこんであったのをそのまま取り出して、呉れたような気がして、なにか頼りなかったが、しかし道子は姉がそれを服む時間が来ると、「どうぞ効いてくれますように。」と、ひそかに祈った。しかし姉の熱は下らなかった。

　桜の花が中庭に咲き、そして散り、やがていやな梅雨が来ると、喜美子の病気はますますいけなくなった。梅雨があけると生国魂神社の夏祭が来る、丁度その宵宮《よみや》の日であった。喜美子が教えていた戦死者の未亡人達が、やがて卒業して共同経営の勲洋裁店を開くのだと言って、そのお礼かたがた見舞いに来た。

　道子がそのひと達を玄関まで見送って、部屋へ戻って来ると、壁の額の中にはいっている道子の卒業免状を力のない眼で見上げていた喜美子が急に、蚊細いしわがれた声で、

「道《みっ》ちゃん、生国魂さんの獅子舞の囃子がきこえてるわ。」

と、言った。道子はふっと窓の外に耳を傾けた。しかしこのアパートから随分遠くはなれた生国魂神社の境内の獅子舞の稽古の音が聴えて来る筈もない。

　窓に西日が当たっているのに気がついたので、道子は立ってカーテンを引いた。そして

ふと振りむくと、喜美子は「ああ。」とかすかに言って、そのまま息絶えていた。

　姉の葬式を済ませて、三日目の朝のことだった。この四五日手にとってみることもなく溜っていた古い新聞を、その溜っていることをいかにも自分の悲しみのしるしのように思いながら、見るともなく見ていた道子は、急に眼を輝かした。南方派遣日本語教授要員の募集の記事が、ふと眼に止ったのである。

「南方へ日本語を教えに行く人を募集しているのだわ。」

と、呟きながら読んで行って、「応募資格ハ男女ヲ問ハズ、専門学校卒業又ハ同程度以上ノ学力ヲ有スル者」という個所まで来ると、道子の眼は急に輝いた。道子はまるで活字をなめんばかりにして、その個所をくりかえしくりかえし読んだ。

「応募資格ハ男女ヲ問ハズ、専門学校……。」

　道子はふと壁の額にはいった卒業免状を見上げた。姉の青春を、いや、姉の生命を奪ったものはこれだったかと、見るたびチクチクと胸が痛んだ卒業免状だったが、いまふと、

「あ、ちょうどあれが役に立つわ。」

　と、呟いた咄嗟に、道子の心はからりと晴れた。

「お姉さまがご自分の命と引きかえに貰って下すったあの卒業免状を、お国の役に立てることが出来るのだわ。そうだ、私は南方へ日本語を教えに行こう！」

道子はそう呟きながら、道子は、姉の死の悲しい想出のつきまとう内地をはなれて、遠く南の国へ誘う「旅への誘い」にあつく心をゆすぶられていた。

二十七の歳までお嫁にも行かず、若い娘らしい喜びも知らず、達磨さんは孤独な、清潔な苦労とにらみっこしながら、若い生涯を終わってしまったのである。その姉のさびしい生涯を想えば、もはや月並みな若い娘らしい幸福に甘んずることは許されず、姉の一生を吹き渡った孤独な冬の風に自分もまた吹雪と共に吹かれて行こうという道子にとっては、自分の若さや青春を捨てて異境に働き、異境に死ぬよりほかに、姉に報いる道はないと思われた。

「お姉さまもきっと喜んで下さるわ。」

南方で日本語を教えるには標準語が話せなくてはならない、しかし自分は三年間東京にいたからその点は大丈夫だと、道子はわざわざ東京の学校へ入れてくれた姉の心づくしが今更のように思い出された。

志願書を出して間もなく選衡試験が行われる。その口答試問の席上で、志願の動機や家庭の情況を問われた時、

「姉妹二人の暮らしでしたが……。」

と言いながら、道子は不覚にも涙を落とし、

「あ、こんなに取り乱したりして、きっと口答試問ではねられてしまうわ。」
と心配したが、それから一月余り経ったある朝の新聞の大阪版に、合格者の名が出ていて、その中に田村道子という名がつつましく出ていた。道子の姓名は田中道子であった。それが田村道子となっているのは、たぶん新聞の誤植であろうと、道子は一応考えたが、しかしひょっとして同じ大阪から受験した女の人の中に自分とよく似た名の田村道子という人がいるのかも知れない、そうだとすれば大変と思って、ひたすら正式の通知を待ちわびた。

合格の通知が郵便で配達されたのは、三日のちの朝であった。ところが、その通知と一緒に、田中喜美子様と、亡き姉に宛てた手紙が、ひょっこり配達されていた。アパートの中庭では、もう木犀の花が匂っていた。

死んでしまった姉に思いがけなく手紙が舞い込んで来るなど、まるで嘘のような気がした。姉が死んだのは、忘れもしない生国魂神社の宵宮の暑い日であったが、もう木犀の匂うこんな季節になったのかと、姉の死がまた熱く胸にきて、道子は涙を新たにした。

やがて涙を拭いて、封筒の裏を見ると、佐藤正助とある。思いがけず男の人からの手紙であった。道子は何か胸が騒いだ。

道子が姉のもとへ帰ってから、もう半年以上にもなるが、ついぞこれ迄男の人から姉の所へ見舞いの手紙も、またくやみの手紙も来たことはなく、それが姉のさびしく清潔な生涯を悲しく裏書しているようで、道子はふっとせつなかったが、しかし姉が死んで三月も経った今、手紙を寄越して来たこの佐藤正助という人は一体誰だろうと、好奇心が起るというより、むしろ淋しかった。

随分永らく御無沙汰して申訳ありません。僕も愈よ来年は大学を卒業するというところまで漕ぎつけましたが、それに先立って、学徒海鷲を志願し、近く学窓を飛び立つことになりました。永い間苦学生としての生活を送って来た僕には、泳ぎつくように待たれた卒業でしたが、しかしいま学徒海鷲として飛び立つ喜びは、卒業以上の喜びです。恐らく生きて帰れないでしょう。従ってあなたにもお眼に掛れぬと思います。いつぞやあなたにお貸した鷗外の「即興詩人」の書物は、僕のかたみとして受け取って下さい。永い間住所も知らせず、手紙も差し上げず、怒っていらっしゃることと思いますが、そのお詫びかたがたお便りしました。僕は今でも、あなたが苦学生の僕の洋服のほころびを縫って下すった御親切を忘れておりません。御自愛祈ります。

その文面だけでは、姉の喜美子とその大学生がどんな交際《つきあい》をしていたのか、道子には判らなかったが、しかし、読み終わって姉の机の抽出の中を探すと果たして鷗外の「即興詩人」の文庫本が出て来た。

「お姉さまはなぜこの御本を返さなかったのだろう？」

と呟いた咄嗟に、あ、そうだわと、道子は思い当たった。当時大阪の高等学校の生徒であったその青年は、高等学校を卒業して東京の大学へ行ってしまうと、もうそれきり手紙も寄越さず、居所も知らさなかったのではなかろうか。それ故返そうにも返せなかったのだ。

たぶん二人の仲は、その生徒よりも三つか四つ歳上の姉が、苦学生だというその境遇に同情して、洋服のほころびを縫ってやったり、靴下の穴にツギを当ててやったりしただけの淡いもので、離れてしまえばそれ切り、居所を知らせる義務もないような、なんでもない仲であったのかも知れないと、道子は想像した。

「けれど、お姉さまが待っていらしったのは、やはりこの人の便りだったのだわ。」

道子はそう呟き、机の抽出の中に大切につつましくしまわれていた「即興詩人」の中に、ひそかな姉の青春が秘められていたように思われて、ふっと温い風を送られたような気がした。

「でも、待っていた便りが、死んでしまってから来るなんて、そんな、そんな……。」

そう思うと、道子はまた姉が可哀想だった。姉の青春のさびしさがこんなことにも哀しく現れていると、ポトポト涙を落としながら、道子はペンを取って返事をしたためた。

妹でございます。姉喜美子ことは、ことしの七月八日、永遠にかえらぬ旅に旅立ってしまいました。永い間ご本をお借りして、ありがとうございました。……

そこまで書いて、道子はもうあとが続けられなかった。しかし、ただ悲しくなって、筆を止めたのではなかった。

学徒海鷲として雄雄しく飛び立とうとするその人に、こんな悲しい手紙を出してはいけないと思ったのだ。これまで姉に手紙を寄越さなかったのは、おそらく学生らしいノンキなヅボラさであったかも知れず、そして今、再び生きて帰るまいと決心したその日に、やはり姉のことを想いだして便りをくれたその気持を想えば、姉の死はあくまでかくして置きたかった。

道子は書きかけた手紙を破ると、改めて姉の名で激励の手紙を書いて、送った。

南方派遣日本語教授要員の錬成をうけるために、道子が上京したのは、それから一週間のちのことであった。早朝大阪を発ち、東京駅に着いたのは、もう黄昏刻であった。

都電に乗ろうとして、姉の遺骨を入れた鞄を下げたまま駅前の広場を横切ろうとすると、学生が一団となって、校歌を合唱していた。

道子はふと佇んで、それを見ていた。校歌が済むと、三拍子の拍手が始まった。

「ハクシュ！　ハクシュ！」

という、いかにも学生らしい掛け声に微笑んでいると、誰かがいきなり、

「佐藤正助君、万歳！」

と、叫んだ。

「元気で行って来いよ。佐藤正助、頑張れ！」

きいたことのある名だと思った咄嗟に、道子はどきんとした。

「あ、佐藤さん！」

一週間前姉に手紙をくれたその人ではないか。もはや事情は明瞭だった。学徒海鷲を志願して航空隊へ入隊しようとするその人を見送る学友たちの一団ではないか。

道子はわくわくして、人ごみのうしろから、背伸びをして覗いてみた。円形の陣の真中に、一人照れた顔で、固い姿勢のまま突っ立っているのが、その人であろう。

思わず駈け寄って、

「妹でございます。」

と、道子は名乗りたかった。けれど、

「いや、神聖な男の方の世界の門出を汚してはならない！」

という想いが、いきなり道子の足をすくった、道子は思い止った。そして、

「どうせ私も南方へ行くのだわ。そしたら、どこかでひょっこりあの人に会えるかも知れない。その時こそ、妹でございます。田中喜美子の妹でございますと、名乗ろう。」

ひそかに呟きながら、拍子の音が黄昏の中に消えて行くのを聴いていた。

一刻ごとに暗さの増して行くのがわかる晩秋の黄昏だった。

やがて、その人が駅の改札口をはいって行くその広い肩幅をひそかに見送って、再びその広場へ戻って来ると、あたりはもうすっかり暗く、するすると夜が落ちていた。

「お姉さま。道子はお姉さまに代わって、お見送りしましたわよ。」

道子はそう呟くと、姉の遺骨のはいった鞄を左手に持ちかえて、そっと眼を拭き、そして、錬成場にあてられた赤坂青山町のお寺へ急ぐために、都電の停留所の方へ歩いて行った。

葡萄蔓《ぶどうつる》の束

久生十蘭《ひさおじゅうらん》

北海道の春は、雪も消えないうちにセカセカとやって来る。なにもかもひと口に頬張ってしまおうとする子供のようだ。落葉松《からまつ》の林の中は固い雪でとじられているのに、その梢で鶫《つぐみ》が鳴く。

低く垂れていた鈍重な雪雲の幕が一気にひきあけられ、そのうしろからいちめん浅みどりの空が顔をだす。

雪の表面《うわかわ》が溶け、小さな流れをつくって大急ぎで沢のなかへ流れこみ、山襞や岩の腹についていた雪は大きな塊になってあわてふためいて谷の底へころがりおちる。

藪蔭には蝦夷菫《えぞすみれ》。

雪溶けの沢水の中には、のそのそと歩きまわる蝲蛄《ざりがに》。

丘はまだ斑雪《はだらゆき》で蔽われているのに、それを押しのけるようにして土筆《つくし》が頭をだす。去年《こぞ》の楢《なら》の枯葉を手もて払えば、その下には、もう野蒜《のびる》の緑の芽。

風はまだ身を切るように冷たいのに、早春の高い空で雲雀《ひばり》が気ぜわしく鳴く。なにもかもいっぺんにやってくる春だ。

波が高まるようになだらかに盛りあがっている黄色い枯芝の丘の上に、ビザンチン風の、赤煉瓦の修道院の建物が建っている。

長い窓の列を見せた僧院《クロアートル》と鐘楼のついた聖堂。質素なようすをした院長館。白楊《ポプラ》の防風林をひかえた丘の蔭には牛乳を搾《しぼ》ったり牛酪《バタ》や乾酪《チーズ》をこしらえる「仕事場《アトリエ》」と呼んでいる三棟《みむね》ばかりの木造の建物。雲の塊のような緬羊《めんよう》が遊んでいる広い牧場。聖体秘蹟《サン・サクルマン》につかう酸っぱい葡萄酒のできる広い葡萄園と段々の畑。

津軽海峡の鉄錆《さび》色の海の中へ突き出した孤独な岬の上に建っているこの「灯台の聖母修道院《ノオトルダム・ド・ファール》」にもこんな風に気ぜわしい春がくる。朝の勤行《おつとめ》の鐘の音《ね》も、夕《ゆうべ》の禱《いのり》の鐘のひびきも満ちあふれるようなよろこびを告げる、春。

ところで、ベルナアルさんにとっては春がやって来ることがたいへんな苦労の種になる。ベルナアルさんは、たいへんにおしゃべりが好きである。いったんしゃべりたいとなると、矢も楯もなくなってしまう。舌が口の中に一杯になるほど膨れあがり、唇は芝蝦《しばえび》の子でも跳ねるようにピクピクと痙攣《ひきつ》れる。断食も、苦行も、この誘惑から逃れさせる力を持っていない。

ベルナアルさんは、丘のうしろの洞窟の中へ駆けこんで、聖母《マドンナ》の像の下に跪いておしゃべりの誘惑から逃れるために汗だくになっていっしんに祈る。

不幸なことには、祈るほどベルナアルさんの舌はいよいよ膨れあがり、身体《からだ》じゅうの血が顳顬《こめかみ》のあたりへ集まってきてえらい勢いでズキンズキンやる。頸にも打紐のような太い血管が現れ、身体じゅうビッショリと汗びたしになる。ベルナアルさんは、息がつまりそうになって、髪の毛を掻きむしりながら洞窟の石畳の上を転げまわる。もうどうすることも出来ない。力が尽きてそこへグッタリと坐りこむ。

「ええ、ままよ。……どうせ、おれは修道士にはなれないんだ」

矢庭に立ちあがると、悪魔が憑《のりうつ》ったようにキラキラと眼を光らせながら僧院《クロアートル》の廻廊へ走りこみ、沈黙の行をしている謹厳な修道士をつかまえ、裾から火がついたように夢中になっておしゃべりをする。

思う存分しゃべりまくると、いままでベルナアルさんをつかまえて離さなかったおしゃべりの悪魔が赤い舌をだしてツイと逃げて行く。その途端、ベルナアルさんはハッとわれにかえる。

その時のベルナアルさんのあわれなようすと言ったら！

大鎌で刈られた青草のように髪の毛の端までグッタリとしてしまう。失望落胆し、慚愧と後悔のために満足に歩くことさえ出来なくなってよろよろとベネディクトの洞窟の中へよろけ込み、蕁麻《いらくさ》で織った贖衣を素肌に着、断食をし、滝のように涙を流して懺悔の祈禱《いのり》をする。

もうすこしで修道士になれるところを、沈黙の戒律を破った罰で、ベルナアルさんはまた労働士にさげられる。それから贖罪のための長い長い苦行がはじまる。ベルナアルさんの眼もあてられない悔悟のようすを見ると、院長も哀れに思って間もなく修練士にしてあげようと約束をする。運の悪いことには、ちょうどその頃春となり、おしゃべりの悪魔がまたぞろベルナアルさんの舌をつかまえて離さないようになる。ベルナアルさんの唇が芝蝦の子のようにピクピクと痙攣《ひきつ》り、舌が口一杯に膨れあがる。そして、力尽きておしゃべりの悪魔に打負され、また労働士にひきおろされる。……

沈黙が厳重な鉄則になっているトラピストの修道院では、ベルナアルさんのようにおしゃべりが好きなのは、ほんとうに不幸なことだというのほかはない。

私がはじめてベルナアルさんに逢った時は、ベルナアルさんは修練士だった。

トラピストの修道院では、修士の階級で僧衣の色がちがっている。労働士の間は薄褐色《カルメリト》の粗羅紗《そらしゃ》の僧衣《ローブ》に縄の帯をしめ、修練士になると、白の僧衣《ローブ》に頭巾《キャプション》のついた長い油屋さんのような肩衣《スキップレール》をかけて黒い僧帯《シングリューム》をしめる。純白の白法衣《シュルプリ》を着るのは院長だけである。

今いったように、ベルナアルさんはもう一歩で白僧衣《ペール・ブラン》になるところだったので、白い僧衣《ローブ》を着、大きな木靴《サボ》を穿《は》き、手に祈禱書を持って丘の斜面《スロープ》や落葉松の林の中を眼を伏せて敬虔なようすで歩いていた。

私は、修道院で客泊館といわれている別棟の建物の中に寄宿し、オルガンとラテン語の初歩を勉強することになった。院長の人選にあずかった私のラテン語の先生は、ベルナアルさんだったのである。

ベルナアルさんは、私が行く一年前の春、何度目かの破戒をし、ちょうど贖罪の最中だった。

さすがにその辛さがこたえたとみえ、祈禱と労働の一日の課業が終わると、ほかの修道士たちに出逢わないですむようにたった一人で林や谷の中を歩きまわっているのだった。

じぶんの独房《セリュウル》にも僧院の廻廊にも滅多にいたことはなく、野山羊のようにいっさんに谷や林の中へ逃げ込んでしまうので、ベルナアルさんを捜すのは修道院でも骨の折れる仕事の一つになっていた。

その日はまたよほどうまいところへ逃げこんでしまったとみえて、どうしてもベルナアルさんに行きあうことが出来ない。

院長さんは、人の良い温厚な顔に困惑の色をうかべながら、

「それにしても、ベルナアルさんは、どこに隠れているのでしょう。たいていなら、このくらい骨を折ると、どうにか捉《つかま》えることが出来るのですが、一所懸命に逃げ出してしまう《アルチト・アビレ・フーガ》ので……」

と、気の毒そうに言った。

「ベルナアルさんを捉えるよりも野兎を捉えるほうがもっと楽です。……まあ、しかし、もうすこし元気を出してやってみましょう。……神の助けによって……」

院長と私は、丘を越えたり沢を渡ったりしたのち岬のほうへ歩いて行った。岬は鶴の嘴のように長く海へ突き出していて、その両側は眼の眩《くら》むような断崖になり、遙か下の方で津軽海峡の波が轟《とどろ》くような音をたてて捲きかえしている。

ベルナアルさんは、岬の端にいた。

晩秋の驟雨があがったばかりのところで、薄暗い空に北海道の南端から本州の北端まで届くほどの雄大な虹が七色の弧をかいて海峡の上を跨《また》いでいた。

　ベルナアルさんは、空へ両手を差伸ばし、切れ切れな声で大きな虹にむかって思いつく限りの歎賞の言葉を捧げているのだった。いつもベルナアルさんの手から離れたことのない祈禱書は、まるでそこへ叩きつけたかと思われるようなひどいようすで岩の間に落ちていた。

　院長さんは、私に片眼をつぶって見せた。

「とうとう捉えました。あんなところで大きな声で虹とお話をしています。……ほんとうに、ベルナアルさんというひとは……」

　院長は、精一杯な声で虹に向かって叫んでいるベルナアルさんを抱き取るような慈悲深い眼つきで眺めやりながら、

「あのひとは、花や、虹や、小鳥や、小川などの美しさにあまり感動し過ぎるようです。主よりも花や小鳥を愛し過ぎるというのはやはり困ったことにちがいないのです。ベルナアルさんが、子供のような純真なこころを持っているとしてもね、どうも、そんな風では……」

　そして、静かな声でベルナアルさんの名を呼んだ。

　その時のベルナアルさんの顔といったらなかった。悪戯《いたずら》を見つけられた子供のような、今にも泣き出しそうな顔で首を垂れてしまった。

ベルナアルさんの顔を見て笑い出さずにすまされるひとはこの世にいくにんもいないのにちがいない。

ずんぐりと肥った、巾の広い切株のような肩の上に、夏の夕月のような赤い丸い顔が載っていて、その顔の真中に象のような小さな眼と、水兵帽の丸房のような、よく熟した赤い丸い鼻がチョコンとついている。

頭のてっぺんを丸く中剃りしていることはほかの修士たちと変わりはないが、ベルナアルさんの場合は、まわりの毛が棉の木についている棉花のようなフワフワした和毛《にこげ》なので、ちょうど孵《かえ》ったばかりの鳥の子供の頭のようだ。

それに、歩く恰好ときたら！

鵞鳥《がちょう》が水溜りからあがって来たように、お尻を左右に振りながら両脚をうんと踏みひらいてヨチヨチと歩く。

これには誰でも噴き出してしまう。誰にしたってベルナアルさんがひとを笑わせようとしてこんなおどけた歩き方をしているのだとしか思わない。しかし、それがふざけているのでも道化ているのでもなく、ベルナアルさんの歩き方のうちで最も敬虔な歩き方だということを知ると、気の毒に思わずにいられないのである。

ベルナアルさんとしては、好んでこんなにみっともない歩き方をしようと思っているわけではない。五年ばかり前の夏、巣から落ちた岩燕の雛を巣へかえしてやるために截《き》り立った崖を登ってゆく途中、足を踏みはずして崖の下へ転げおち、海岸の流木にしたたか腰を打ち、それ以来こんなみっともない歩き方をしなくてはならないようになった。

ベルナアルさんは、岩蔭に落ちていた祈禱書を拾いあげると、悄々《しおしお》と院長のほうへ近づいて来た。

「ベルナアルさん、あなた、岬の端で何をしていました」

ベルナアルさんは、宥恕《ゆるし》を乞うような哀れな眼つきで院長の顔を振り仰ぐと、またしょんぼりと顎を胸につけてしまった。

「私は虹に見惚《みと》れておりましたのです、院長さま。こんな大きな美しい虹は私は生まれてからまだいちども見たことがありませんでしたので」

「何か大きな声で叫んでいましたね、ベルナアルさん」

「私はこんな美しいものをお作りになった主に感謝聖句《テデウム》を捧げておりましたのです。私としては、止むにやまれなかったのでございますから。……私の口が感謝聖句《テデウム》を唱えていたのでしたらどうぞ私をお罰しください。でも、私は魂で歌っていたのでございます。あなたがどんなふうにおとりなさろうと、これは、ほんとうのことなのでございます」

「そうですね、ベルナアルさん。私もそう思います。あなたの魂が感謝聖句《テデウム》を唱えるのが私の耳にきこえたのにちがいありません。でもね、ベルナアルさん、今度から魂が歌うときは、もうすこし小さな声でやるようによく言って聞かせなくてはなりませんね」

「そうですとも、院長さま。私の魂は確かに不調法なやつにちがいないのでございます」

私とベルナアルさんの初対面は、だいたい、こんなふうだった。

ベルナアルさんは私にラテン語の初歩を教えるために、夕課の後《のち》、一時間ずつ私の部屋に来るようになった。ベルナアルさんの苦行は、たしかに見上げたものだった。私の部屋に入って来ると、壁際の祈禱台《プリィ・ディユウ》に跪いて長々と祈り、それから、ようやく私のそばへやって来る。

ベルナアルさんが何を祈っているのか、もちろん、私にはよくわかっていた。ベルナアルさんは私に課業を授けるあいだ、ラテン語の文法以外のことはひと言でもおしゃべりをしないですむように神の守護と助力をねがっているのにちがいなかった。

ベルナアルさんは、文法のこと以外にただのひと言も余計なおしゃべりをしなかった。それにしても、その間のベルナアルさんの苦悶のようすときたらそれこそ眼も当てられないほどだった。

晩秋の冷たい山背風《やませ》の吹いている夕方、額から玉のような汗を流し、火のついたような赤い顔をして、

「……amo《アモ》……amas《アマス》……amat《アマト》……」

　私は愛す、……汝は愛す、……彼は愛す、――amare《アマーレ》の第一変化を、はちきれるばかりに鼻翼《こばな》を膨らませ、息も絶え絶えに繰りかえす。……amo《アモ》……amas《アマス》……amat《アマト》……

ベルナアルさんは、夢中になっておしゃべりの悪魔と闘っているのだった。ベルナアルさんは、しどろもどろになり、自動詞と他動詞を間違えたり、不定法の現在と命令法の複数を間違えたりする。汗を拭いて呻《うめ》き声をあげる。溜息をつく。身震《みぶる》いをする。椅子から立ち上がって子供のような和毛《にこげ》を両手で掻き挘《むし》る。

　この一時間の課業は、ベルナアルさんにとって一年より長く思われたにちがいない。絶望の呻き声と、汗と、涙のあいだにようやく一時間の終わりが近づく。寝房《ドルトアール》のあるほうから入寝の鐘の音《ね》がきこえてくる。まるで天の御告《おつげ》のような三点の鐘。ベルナアルさんは、張り詰めた気がゆるんだようにグッタリと椅子の中へ落ちこむ。主のお加護によりまして今日も馬鹿なおしゃべりをしないですみました。……神は讃《ほ》むべきかな……

　そして、よろめくような足取りでじぶんの独房《セリュウル》へ帰ってゆく。

　私のラテン語の文法はベルナアルさんの汗と呻き声の中でよろけ廻り、手にも足にも負えないようになってしまった。格と時と性が互いに入り乱れ絡み合い、風の強い日の凧糸のようにどこからほごしていいかわからないようにこんがらがってしまった。

ベルナアルさんが、せめておしゃべりでもしてくれたらどんなに助かるか知れなかった。私は長い一時間を出鱈目《でたらめ》な文法を喚《わめ》き散らすベルナアルさんの口元をぼんやりと眺めたまま過ごしてしまうのだった。

この手のつけられない一時間は、私にとってもたいへんな災難だったが、ベルナアルさんにとっても煉獄の苦しみにもまさる一時間だった。

それからしばらくたつとベルナアルさんは、髪や衣の裾に氷柱《つらら》をつけて私の部屋へやって来るようになった。

ベルナアルさんは、私の部屋に来る前に、深い雪に蔽われた丘を通って海岸へ下りてゆき、海の水に顎まで浸《つか》りながらお祈りをしてそれから私の部屋にやって来るのだった。

三月の北海道の氷のような海に顎の下まで浸《つか》って！……それは、いったい、どんなひどい苦行だと思います？

海の水に浸《ひた》ってる間はまだしも、濡れた身体に粗羅紗の衣をひっかけ、広い雪の斜面《スロープ》を通って帰って来るうちにベルナアルさんの身体は氷のようにカチカチになってしまう。

ベルナアルさんがどんなつもりでこんなことを始めたかはともかくとして、確かにそれにはそれだけの効果があったようである。ベルナアルさんが凍えるとベルナアルさんの舌の先に摑まっている悪魔は勢い舌と一緒に凍えて手も足も出ないようになってしまうわけだった。

ベルナアルさんはガチガチと歯の根を震わせ、冬の海の、煤黒色《ビチュウム》を混ぜたあの青黝《あおぐろ》い顔をして入って来る。

ベルナアルさんの身震いこそたいへんな見物だった。下顎がまるで癇癪でも起こしたように絶えず上顎を蹴りつける。その度に歯が打合ってカスタネットのような陽気な音をたてる。はずみのついた紡車《つむぎぐるま》のように止めようとしてもどうしても止まらないふうだった。ところで、震えるのは歯の根ばかりではない。手は手、膝は膝というぐあいに、それぞれ趣のちがう震え方をする。ベルナアルさんの身体のこの三つの部分が思い思いの震え方をするのは、何といっても奇観だった。

とてものを言うなどというだんではない。生じっか舌なぞを動かそうとすると、舌の先を嚙み切ってしまうほかはない。

私とベルナアルさんは、ベルナアルさんの身震いが止まってくれるのを辛抱強く待っている。

しかし、ベルナアルさんの身体はすっかり調子づいているのでそう急にはもとへ戻らない。

そのうちに、部屋の暖か味でベルナアルさんの髪や衣の裾についていた氷柱がすこしずつ溶けて床の上に滴を垂しはじめる。癲癇の発作のようなひどい身震いがようやくおさまって、どうにかものが言えるようになる。その途端、入寝の鐘が鳴る。ベルナアルさんは開きさえもしなかったラテン語の文法の本を持って逃げるように帰って行く。ベルナアルさんとしては、私に文法を教える意志はあった。しかし、ひどい身震いのためにものを言うことが出来なかったのである。

ベルナアルさんはすくなくとも院長から課せられた義務を完全に果たしていると言ってもいいわけだった。

ベルナアルさんのこの身震いは春が来るまでずっと続いていた。ラテン語の勉強は動詞の第四変化のところへ釘づけにしたまま私とベルナアルさんは、毎日そうやって、ベルナアルさんの身震いがおさまるのを待つために向き合って坐っていた。

北海道にもとうとう春が来た。

そのうちに、ベルナアルさんがバッタリと私の部屋に来なくなった。

私は机の上へ文法の本を開いて辛抱強く待っていた。ベルナアルさんはやって来ない。四日ばかりたってから、私はベルナアルさんの独房《セリュウル》へベルナアルさんを捜しに行った。独房《セリュウル》にベルナアルさんはいなかった。僧院の廻廊にも、中庭にも、聖堂にも、どこにもベルナアルさんの姿はなかった。

それから二日ばかりたったあるやさしげな春の夕《ゆうべ》、私は白楊《ポプラ》の防風林をぬけて、そのうしろの葡萄畑のあるほうへ散歩をしに行った。

私が素朴な畑の柵について、そのほうへ下って行くと、葡萄畑のほうから重々しい鈴の音《ね》が聞こえてきた。罪の感じとでもいったような、何か胸を締めつけるような、そんな響を持っていた。

夕課の終わりの鐘が鳴って、みな夕食をするために斎室《レフェクトアール》へ行っているはずなのに、夕靄の降りかけた広い葡萄畑の中で、首に大きな鈴をつけた労働士が背中を曲げて一所懸命に働いていた。鈴の音《ね》はそこから来るのだった。

ベルナアルさんだった。

ベルナアルさんが薄褐色《カルメリト》の労働士の衣に藁縄の帯をしめ、裸足《はだし》で畑の土を踏んでいた。

ベルナアルさんのこの服装《みなり》は、ベルナアルさんの上に何が起きたか、何もかもひと言で説明していた。ベルナアルさんは、あんな苦行のすえ、とうとうまたおしゃべりをしてしまったのだった！

ベルナアルさんは枯れた葡萄蔓を集め、汗を流しながら大きな束をつくっていた。燃やしてしまうほか何の役にも立たない枯れた葡萄の蔓！

ベルナアルさんは沈黙の戒律を破ったために修道院で一番卑しい仕事を課せられている

のだった。

私の姿を見ると、ベルナアルさんは手も足も出なくなったときの子供のような顔をして土の上に眼を落としてしまった。涙ぐんでいる眼を私に見られたくないためだった。

「ベルナアルさん、あなたはまたおしゃべりをしてしまったのですね」

ベルナアルさんは憐みを乞うような眼つきでチラと私の顔を見上げた。

「ええ、そうなんです。何という情けないことでしょう」

ベルナアルさんの声は震えていた。

私は、われともなく院長さんの口真似をした。

「ベルナアルさん、ほんとうに、あなたというひとは……」

「ああ、ほんとうに私という人間は……」

「それにしても、あなたはどんなおしゃべりをしたのですか。困ったひとだ」

「……私は『今日藪蔭で今年最初の雛菊を見つけた』と大きな声で叫んだのです」

「ああ、そんなことはどうだっていいのに。どうしてまた藪蔭の雛菊なぞについておしゃべりをする気になったのですか」

ベルナアルさんは、羞恥《はじ》の色で顔を染めながら、

「藪蔭で最初の雛菊を見つけたとき、あまり嬉しくてこの溢れるような喜びを誰かに分け

てやりたくてたまらなくなったのです。……私は舌を押さえつけようと思って力の限り祈りました。でも、やっぱりだめだったのです。私は修道院じゅうを走り廻って、『沢の藪で雛菊を一輪見つけた』と叫んで歩いたのです。まるで雷のような声で。……私としては、どうすることも出来なかったのです」

「まあ、何という馬鹿なことを……」

ベルナアルさんは、肩を竦《すく》めて、

「はい、その通りです。……ところで、まだ後があるのです」

「おや、おや、それから何を言ったのです」

「……『春が来た、春が来た』……それから、『あんなところで雲雀《ひばり》が鳴いている』……それから、まだいろいろなことをしゃべりました。斎室《レフェクトアール》でも、仕事場《アトリエ》でも、誰彼かまわずに捉えては話しかけました。……院長さまもたいへんご立腹になって、私の首に鈴を結びつけて修道院から追い出しておしまいになりました。……この鈴の音《ね》を聞くと、修士たちは、私に話しかけられないようにそっと遠くへ逃げて行ってしまうのです……この鈴は霧に迷わないようにといって、昨日まで牛の頸についていた鈴なんです。私にくださる懲罰としては、これ以上のものはございますまい」

「斎室《レフェクトアール》で食事をすることも、仕事場《アトリエ》で働くことも、じぶんの独房《セリュウル》にいることも、聖堂で

「私は丘のうしろのベネディクトの洞窟で寝ているのです」

「それにしても、食事はどうなさるのですか」

「食料室《デパンス》の石段に私のために毎日黒パン一つが置いてあります。私はそれを戴いてきて、それを食べるのです。それだって私に勿体なすぎるほどのお慈悲です」

「それにしても、牛の鈴をあなたの首に結びつけるなどというやり方は……」

ベルナアルさんは、手を挙げて、私の言葉を遮りながら、

「もう何も仰言ってくださいますな。これが私に至当な懲罰です。……むかし、私がつまらないおしゃべりをしたために、どんなにある婦人を苦しめたか、それをあなたが知っていらしたら！……一生おしゃべりの悪魔につき纏われて苦しむのが私の宿命なのです」

それからまた二日ほどたったある日の午後、私は上品な面貌《おもざし》をした老婦人の訪問を受けた。むかしはどんなにか美しかったであろう奥床しい眼差の中《うち》にも、かたちのいい唇の上にもその俤《おもかげ》がほのぼのと残っている。

この老婦人は、不幸な出来事のためにベルナアルさんと別れなければならなくなったその日から三十年もの間渝《かわり》なくベルナアルさんを愛し、ベルナアルさんのことばかり心配していた気の毒な婦人だった。

「不躾ではありませんか？……あまりだしぬけで、あなたさまをびっくりおさせしたようなことはありませんかしら？　お気を悪くなさいませんか？　妙な女だとお思いにはなりませんか？……もし、そうだったとしても、どうぞ、あまり悪くおとりにならないでくださいましね。わたくしとしては、ようようの思いで決心をしたのでしたから。女を一切寄せつけないこの厳格な所へ、こんなふうに押しつけがましくやってこようといたしますまでには、それはそれは、ずいぶんかんがえぬきましたのですが、やはりこうするほかはありませんでしたのよ。……それにしても、ベルナアルさんは、どうしておりますでしょう？元気でおりましょうか？　病気をしたりするようなことはありますまいか？　むかしは日本の気候が合わなくて、よく気管支炎をやりましたが、今でもそんなことがございますのでしょうか？　むずかしいひとでしたが、粗末な食べもので機嫌を悪くするようなことはございますまいか？……つまらないことばかりお訊ねして、さぞ、ご迷惑だったでしょうね。……わたくしがお訊ねしたかったのは、こんなことではなかったはずですわ。ベルナアルさんはおしゃべりを慎んで立派な修道士になりましたでしょうか？……何より、まず、こうお訊ねしなければならなかったのですわね。……ベルナアルさんとしては、わたくしをあんな不幸な目に逢わせたということに対しても、是非とも立派な修道士にならなくてはならないわけなのですわ。……ほんとうに気の毒なベルナアルさん。……私とベルナアルさんは、そのころ結婚するばかりになっていました。……この上もなく愛し合い信じ合って、二つの心がひとつのもののように、そんなにも溶け合っていたのでしたのに、ベルナアルさんがつまらないおしゃべりをしたために何もかもすっかり駄目にしてしまったのでした。

そのときベルナアルさんは函館の仏蘭西《フランス》領事館の書記官補で、いつもさっぱりとした服を着て、ステッキをついて歩いていました。ステッキを持たないときは、犬を連れて水曜日と土曜日にわたくしのところへ夕食に来ました。父母もこの結婚には賛成でしたけれど、ベルナアルさんがわたくしのところへ犬を連れて来ることだけはあまり好いていなかったのですわ。

わたくしの両親の意見では、じぶんの犬に愛人の名をつけるなどというのはいけないことだし、まして、その犬を鎖に繋いで連れて来るようなことはあまり面白いやり方ではないと言うのでした。ベルナアルさんとしては、もちろん悪い気でしたことではなかったのでしょう。

ひょっとすると、仏蘭西あたりにはじぶんの犬に愛人の名をつける習慣があるのかも知れません。それはまだよかったのですが、ベルナアルさんのつまらないおしゃべりが私の両親をすっかり怒らせてしまいました。……ある日、ベルナアルさんは葡萄酒に酔って上機嫌になったすえ、こんなことを口走ったのですの。『ねえ、みなさん、わたくしがこの犬をどんなに愛しているか、恐らくお察しにはなれますまいね。この悧口そうな眼を見てやってください。それからこの口髭。ガベラの花弁《はなびら》のような優しい耳の垂れぐあい、白粉《おしろい》刷毛《はけ》のようなちっちゃな前肢《まえあし》。ふんわりした額の巻毛。ピンとおっ立ったあの可愛らしい尻ッ尾。……ああ、なんという魅《シャ》わし《ル》さ《ム》でしょう。……とりわけ、わたしをうっとりさせるのは、これがお嬢さまの眼差とそっくりだということです！　なんという素晴らしい相似《シミリテュード》！　それに、こいつは、たいへん悧口なんです。ひとつ、チンチンをさせてお眼にかけましょうか？　それとも、お廻りをさせましょうか？　伏せをさせましょうか？　お嬢さまが聡明でいらっしゃるように、こいつも充分みごとにやってのけますよ』『おやめなさい、ベルナアルさん、もう結構です』と父は叫びました。『あなたはもう二度と娘のところへ来ていただきたくはありません』……これがすべての終わりでした。……ベルナアルさんとしては、じぶんの一番愛するものにわたくしを譬えようとなさったのでしょう、たしかにそれにちがいないのですわ。

口下手なベルナアルさんとしては、それが精一杯のところだったのです。思いつく限りの最上の比喩でわたくしに対するベルナアルさんの深い愛情を表明しようとしたのにちがいないのです。それにしても、ベルナアルさんはあまり不器用すぎました。……ほんとうに不幸なベルナアルさん。犬がわたくしに似ていると言ったのはまだしものことでした。もし、うろたえて、わたくしが犬に似ているなどと口走ったとしたら、いくらわたくしでもやはり腹をたてて、もう二度とベルナアルさんのことなどかんがえたくないと思うようになったでしょうからね。

……それにしても、ベルナアルさんが馬鹿なおしゃべりに恥じて、一生ものを言わないですむこのトラピスト修道院へ入ったのはたいへんにいい思いつきでした。なにしろ、あんな口下手なベルナアルさんのことですから、さもなければ、この先また、つまらないおしゃべりのためにさんざんひどい目に逢わなくてはなりませんのですから。……ねえ、あなた、ベルナアルさんは立派な白衣僧《ペール・ブラン》になったのでしょうね？　真白い衣《ローブ》を着て、橄欖《オリーヴ》の実の数珠を持って歩いていられるのでございましょうね？」

この気の毒な老婦人にベルナアルさんはたしかに立派な修道士になっていると告げることが出来たら、私はどんなに嬉しかったろう。

ところで、丘を越えた葡萄畑のほうから自棄糞《やけくそ》になって出鱈目な歌を唱っているベルナアルさんの声が春風に乗ってはっきりときこえて来るのだった。

蚕豆《そらまめ》が芽を出した、

　ひりたての馬糞《まぐそ》の中で。
　春が来た、春が来た、馬糞の中へも、
　神は讃むべきか《ミラリ・ドミネ》な！

　老婦人が帰ってから、私は、ベルナアルさんのやり方はあんまりだと思って、それを言うためにベネディクトの洞窟へ出かけて行った。

　ベルナアルさんは、岩龕《デコーヴ》の中につつましく立っているチマブエの聖母像に向かって楽しそうにおしゃべりをしていた。

　聖母《マリヤ》は、すこし身体を前に傾け、慈愛に満ちた眼差でベルナアルさんの顔を見おろしている。ベルナアルさんの出任せなおしゃべりに、いちいち優しくうなずいているようにも見えた。

よだかの星

宮沢賢治

よだかは、実にみにくい鳥です。

顔は、ところどころ、味噌《みそ》をつけたようにまだらで、くちばしは、ひらたくて、耳までさけています。

足は、まるでよぼよぼで、一間《いっけん》とも歩けません。

ほかの鳥は、もう、よだかの顔を見ただけでも、いやになってしまうという工合《ぐあい》でした。

たとえば、ひばりも、あまり美しい鳥ではありませんが、よだかよりは、ずっと上だと思っていましたので、夕方など、よだかにあうと、さもさもいやそうに、しんねりと目をつぶりながら、首をそっ方《ぽ》へ向けるのでした。もっとちいさなおしゃべりの鳥などは、いつでもよだかのまっこうから悪口をしました。

「ヘン。又出て来たね。まあ、あのざまをごらん。ほんとうに、鳥の仲間のつらよごしだよ。」

「ね、まあ、あのくちの大きいことさ。きっと、かえるの親類か何かなんだよ。」

こんな調子です。おお、よだかでないただのたかならば、こんな生《なま》はんかのちいさい鳥は、もう名前を聞いただけでも、ぶるぶるふるえて、顔色を変えて、からだをちぢめて、木の葉のかげにでもかくれたでしょう。ところが夜だかは、ほんとうは鷹《たか》の兄弟でも親類でもありませんでした。かえって、よだかは、あの美しいかわせみや、鳥の中の宝石のような蜂《はち》すずめの兄さんでした。蜂すずめは花の蜜《みつ》をたべ、かわせみはお魚を食べ、夜だかは羽虫をとってたべるのでした。それによだかには、するどい爪《つめ》もするどいくちばしもありませんでしたから、どんなに弱い鳥でも、よだかをこわがる筈《はず》はなかったのです。

それなら、たかという名のついたことは不思議なようですが、これは、一つはよだかのはねが無暗《むやみ》に強くて、風を切って翔《か》けるときなどは、まるで鷹のように見えたことと、も一つはなきごえがするどくて、やはりどこか鷹に似ていた為《ため》です。もちろん、鷹は、これをひじょうに気にかけて、いやがっていました。それですから、よだかの顔さえ見ると、肩をいからせて、早く名前をあらためろ、名前をあらためろと、いうのでした。

ある夕方、とうとう、鷹がよだかのうちへやって参りました。

「おい、居るかい。まだお前は名前をかえないのか。ずいぶんお前も恥知らずだな。お前とおれでは、よっぽど人格がちがうんだよ。たとえばおれは、青いそらをどこまでも飛んで行く。おまえは、曇ってうすぐらい日か、夜でなくちゃ、出て来ない。それから、おれのくちばしやつめを見ろ。そして、よくお前のとくらべて見るがいい。」

「鷹《たか》さん。それはあんまり無理です。私の名前は私が勝手につけたのではありません。神さまから下さったのです。」

「いいや。おれの名なら、神さまから貰《もら》ったのだと云《い》ってもよかろうが、お前のは、云わば、おれと夜と、両方から借りてあるんだ。さあ返せ。」

「鷹さん。それは無理です。」

「無理じゃない。おれがいい名を教えてやろう。市蔵《いちぞう》というんだ。市蔵とな。いい名だろう。そこで、名前を変えるには、改名の披露《ひろう》というものをしないといけない。いいか。それはな、首へ市蔵と書いたふだをぶらさげて、私は以来市蔵と申しますと、口上《こうじょう》を云って、みんなの所をおじぎしてまわるのだ。」

「そんなことはとても出来ません。」

「いいや。出来る。そうしろ。もしあさっての朝までに、お前がそうしなかったら、もうすぐ、つかみ殺すぞ。つかみ殺してしまうから、そう思え。おれはあさっての朝早く、鳥のうちを一軒ずつまわって、お前が来たかどうかを聞いてあるく。一軒でも来なかったという家があったら、もう貴様もその時がおしまいだぞ。」

「だってそれはあんまり無理じゃありませんか。そんなことをする位なら、私はもう死んだ方がましです。今すぐ殺して下さい。」

「まあ、よく、あとで考えてごらん。市蔵なんてそんなにわるい名じゃないよ。」鷹は大きなはねを一杯にひろげて、自分の巣の方へ飛んで帰って行きました。

よだかは、じっと目をつぶって考えました。

（一たい僕《ぼく》は、なぜこうみんなにいやがられるのだろう。僕の顔は、味噌《みそ》をつけたようで、口は裂けてるからなあ。それだって、僕は今まで、なんにも悪いことをしたことがない。赤ん坊のめじろが巣から落ちていたときは、助けて巣へ連れて行ってやった。そしたらめじろは、赤ん坊をまるでぬす人からでもとりかえすように僕からひきはなしたんだなあ。それからひどく僕を笑ったっけ。それにああ、今度は市蔵だなんて、首へふだをかけるなんて、つらいはなしだなあ。）

あたりは、もううすくらくなっていました。夜だかは巣から飛び出しました。雲が意地悪く光って、低くたれています。夜だかはまるで雲とすれすれになって、音なく空を飛びまわりました。

それからにわかによだかは口を大きくひらいて、はねをまっすぐに張って、まるで矢のようにそらをよこぎりました。小さな羽虫が幾匹も幾匹もその咽喉《のど》にはいりました。からだがつちにつくかつかないうちに、よだかはひらりとまたそらへはねあがりました。もう雲は鼠色《ねずみいろ》になり、向うの山には山焼けの火がまっ赤です。

夜だかが思い切って飛ぶときは、そらがまるで二つに切れたように思われます。一疋《ぴき》の甲虫《かぶとむし》が、夜だかの咽喉にはいって、ひどくもがきました。よだかはすぐそれを呑《の》みこみましたが、その時何だかせなかがぞっとしたように思いました。

雲はもうまっくろく、東の方だけ山やけの火が赤くうつって、恐ろしいようです。よだかはむねがつかえたように思いながら、又そらへのぼりました。

また一疋の甲虫が、夜だかののどに、はいりました。そしてまるでよだかの咽喉をひっかいてばたばたしました。よだかはそれを無理にのみこんでしまいましたが、その時、急に胸がどきっとして、夜だかは大声をあげて泣き出しました。泣きながらぐるぐるぐるぐる空をめぐったのです。

（ああ、かぶとむしや、たくさんの羽虫が、毎晩僕に殺される。そしてそのただ一つの僕がこんどは鷹《たか》に殺される。それがこんなにつらいのだ。ああ、つらい、つらい。僕はもう虫をたべないで餓《う》えて死のう。いやその前にもう鷹が僕を殺すだろう。いや、その前に、僕は遠くの遠くの空の向うに行ってしまおう。）

山焼けの火は、だんだん水のように流れてひろがり、雲も赤く燃えているようです。

よだかはまっすぐに、弟の川せみの所へ飛んで行きました。きれいな川せみも、丁度起きて遠くの山火事を見ていた所でした。そしてよだかの降りて来たのを見て云いました。

「兄さん。今晩は。何か急のご用ですか。」

「いいや、僕は今度遠い所へ行くからね、その前一寸《ちょっと》お前に遭いに来たよ。」

「兄さん。行っちゃいけませんよ。蜂雀《はちすずめ》もあんな遠くにいるんですし、僕ひとりぼっちになってしまうじゃありませんか。」

「それはね。どうも仕方ないのだ。もう今日は何も云わないで呉《く》れ。そしてお前もね、どうしてもとらなければならない時のほかはいたずらにお魚を取ったりしないようにして呉れ。ね、さよなら。」

「兄さん。どうしたんです。まあもう一寸お待ちなさい。」

「いや、いつまで居てもおんなじだ。はちすずめへ、あとでよろしく云ってやって呉れ。さよなら。もうあわないよ。さよなら。」

よだかは泣きながら自分のお家へ帰って参りました。みじかい夏の夜はもうあけかかっていました。

羊歯《しだ》の葉は、よあけの霧を吸って、青くつめたくゆれました。よだかは高くきしきしきしと鳴きました。そして巣の中をきちんとかたづけ、きれいにからだ中のはねや毛をそろえて、また巣から飛び出しました。

霧がはれて、お日さまが丁度東からのぼりました。夜だかはぐらぐらするほどまぶしいのをこらえて、矢のように、そっちへ飛んで行きました。

「お日さん、お日さん。どうぞ私をあなたの所へ連れてって下さい。灼《や》けて死んでもかまいません。私のようなみにくいからだでも灼けるときには小さなひかりを出すでしょう。どうか私を連れてって下さい。」

行っても行っても、お日さまは近くなりませんでした。かえってだんだん小さく遠くなりながらお日さまが云いました。

「お前はよだかだな。なるほど、ずいぶんつらかろう。今夜そらを飛んで、星にそうたのんでごらん。お前はひるの鳥ではないのだからな。」

夜だかはおじぎを一つしたと思いましたが、急にぐらぐらしてとうとう野原の草の上に落ちてしまいました。そしてまるで夢を見ているようでした。からだがずうっと赤や黄の星のあいだをのぼって行ったり、どこまでも風に飛ばされたり、又鷹《たか》が来てからだをつかんだりしたようでした。

つめたいものがにわかに顔に落ちました。よだかは眼《め》をひらきました。一本の若いすすきの葉から露がしたたったのでした。もうすっかり夜になって、空は青ぐろく、一面の星がまたたいていました。よだかはそらへ飛びあがりました。今夜も山やけの火はまっかです。よだかはその火のかすかな照りと、つめたいほしあかりの中をとびめぐりました。それからもう一ぺん飛びめぐりました。そして思い切って西のそらのあの美しいオリオンの星の方に、まっすぐに飛びながら叫びました。

「お星さん。西の青じろいお星さん。どうか私をあなたのところへ連れてって下さい。灼《や》けて死んでもかまいません。」

オリオンは勇ましい歌をつづけながらよだかなどはてんで相手にしませんでした。よだかは泣きそうになって、よろよろと落ちて、それからやっとふみとまって、もう一ぺんとびめぐりました。それから、南の大犬座の方へまっすぐに飛びながら叫びました。

「お星さん。南の青いお星さん。どうか私をあなたの所へつれてって下さい。やけて死んでもかまいません。」

大犬は青や紫や黄やうつくしくせわしくまたたきながら云いました。

「馬鹿《ばか》を云うな。おまえなんか一体どんなものだい。たかが鳥じゃないか。おまえのはねでここまで来るには、億年兆年億兆年だ。」そしてまた別の方を向きました。

よだかはがっかりして、よろよろ落ちて、それから又二へん飛びめぐりました。それから又思い切って北の大熊星《おおぐまぼし》の方へまっすぐに飛びながら叫びました。

「北の青いお星さま、あなたの所へどうか私を連れてって下さい。」

大熊星はしずかに云いました。

「余計なことを考えるものではない。少し頭をひやして来なさい。そう云うときは、氷山の浮いている海の中へ飛び込むか、近くに海がなかったら、氷をうかべたコップの水の中へ飛び込むのが一等だ。」

よだかはがっかりして、よろよろ落ちて、それから又、四へんそらをめぐりました。そしてもう一度、東から今のぼった天の川の向う岸の鷲《わし》の星に叫びました。

「東の白いお星さま、どうか私をあなたの所へ連れてって下さい。やけて死んでもかまいません。」

鷲は大風《おおふう》に云いました。

「いいや、とてもとても、話にも何にもならん。星になるには、それ相応の身分でなくちゃいかん。又よほど金もいるのだ。」

よだかはもうすっかり力を落としてしまって、はねを閉じて、地に落ちて行きました。そしてもう一尺で地面にその弱い足がつくというとき、よだかは俄《にわ》かにのろしのようにそらへとびあがりました。そらのなかほどへ来て、よだかはまるで鷲《わし》が熊《くま》を襲《おそ》うときするように、ぶるっとからだをゆすって毛をさかだてました。

それからキシキシキシキシキシッと高く高く叫びました。その声はまるで鷹《たか》でした。野原や林にねむっていたほかのとりは、みんな目をさまして、ぶるぶるふるえながら、いぶかしそうにほしぞらを見あげました。

夜だかは、どこまでも、どこまでも、まっすぐに空へのぼって行きました。もう山焼けの火はたばこの吸殻《すいがら》のくらいにしか見えません。よだかはのぼってのぼって行きました。

寒さにいきはむねに白く凍りました。空気がうすくなった為に、はねをそれはそれはせわしくうごかさなければなりませんでした。

それだのに、ほしの大きさは、さっきと少しも変わりません。つくいきはふいごのようです。寒さや霜がまるで剣のようによだかを刺しました。よだかははねがすっかりしびれてしまいました。そしてなみだぐんだ目をあげてもう一ぺんそらを見ました。そうです。これがよだかの最後でした。もうよだかは落ちているのか、のぼっているのか、さかさになっているのか、上を向いているのかも、わかりませんでした。ただこころもちはやすらかに、その血のついた大きなくちばしは、横にまがっては居ましたが、たしかに少しわらって居《お》りました。

それからしばらくたってよだかははっきりまなこをひらきました。そして自分のからだがいま燐《りん》の火のような青い美しい光になって、しずかに燃えているのを見ました。

すぐとなりは、カシオピア座でした。天の川の青じろいひかりが、すぐうしろになっていました。

そしてよだかの星は燃えつづけました。いつまでもいつまでも燃えつづけました。

今でもまだ燃えています。

高瀬舟

森鷗外

　高瀬舟《たかせぶね》は京都の高瀬川《たかせがわ》を上下《じょうげ》する小舟である。徳川時代に京都の罪人が遠島《えんとう》を申し渡されると、本人の親類が牢屋敷《ろうやしき》へ呼び出されて、そこで暇乞《いとまご》いをすることを許された。それから罪人は高瀬舟に載せられて、大阪《おおさか》へ回されることであった。それを護送するのは、京都町奉行《まちぶぎょう》の配下にいる同心《どうしん》で、この同心は罪人の親類の中で、おも立った一人《にん》を大阪まで同船させることを許す慣例であった。これは上《かみ》へ通った事ではないが、いわゆる大目に見るのであった、黙許であった。

　当時遠島を申し渡された罪人は、もちろん重い科《とが》を犯したものと認められた人ではあるが、決して盗みをするために、人を殺し火を放ったというような、獰悪《どうあく》な人物が多数を占めていたわけではない。高瀬舟に乗る罪人の過半は、いわゆる心得違いのために、思わぬ科を犯した人であった。有りふれた例をあげてみれば、当時相対死《あいたいし》と言った情死をはかって、相手の女を殺して、自分だけ生き残った男というような類《たぐい》である。

そういう罪人を載せて、入相《いりあい》の鐘の鳴るころにこぎ出された高瀬舟は、黒ずんだ京都の町の家々を両岸に見つつ、東へ走って、加茂川《かもがわ》を横ぎって下るのであった。この舟の中で、罪人とその親類の者とは夜どおし身の上を語り合う。いつもいつも悔やんでも返らぬ繰《く》り言《ごと》である。護送の役をする同心《どうしん》は、そばでそれを聞いて、罪人を出した親戚眷族《しんせきけんぞく》の悲惨な境遇を細かに知ることができた。所詮《しょせん》町奉行の白州《しらす》で、表向きの口供《こうきょう》を聞いたり、役所の机の上で、口書《くちがき》を読んだりする役人の夢にもうかがうことのできぬ境遇である。

同心を勤める人にも、いろいろの性質があるから、この時ただうるさいと思って、耳をおおいたく思う冷淡な同心があるかと思えば、またしみじみと人の哀れを身に引き受けて、役がらゆえ気色《けしき》には見せぬながら、無言のうちにひそかに胸を痛める同心もあった。場合によって非常に悲惨な境遇に陥った罪人とその親類とを、特に心弱い、涙もろい同心が宰領してゆくことになると、その同心は不覚の涙を禁じ得ぬのであった。

そこで高瀬舟の護送は、町奉行所の同心仲間で不快な職務としてきらわれていた。

いつのころであったか。たぶん江戸で白河楽翁侯《しらかわらくおうこう》が政柄《せいへい》を執っていた寛政のころででもあっただろう。智恩院《ちおんいん》の桜が入相《いりあい》の鐘に散る春の夕べに、これまで類のない、珍しい罪人が高瀬舟に載せられた。

それは名を喜助《きすけ》と言って、三十歳ばかりになる、住所不定《じゅうしょふじょう》の男である。もとより牢屋敷《ろうやしき》に呼び出されるような親類はないので、舟にもただ一人《ひとり》で乗った。

護送を命ぜられて、いっしょに舟に乗り込んだ同心羽田庄兵衛《はねだしょうべえ》は、ただ喜助が弟殺しの罪人だということだけを聞いていた。さて牢屋敷から桟橋《さんばし》まで連れて来る間、この痩肉《やせじし》の、色の青白い喜助の様子を見るに、いかにも神妙《しんびょう》に、いかにもおとなしく、自分をば公儀の役人として敬って、何事につけても逆らわぬようにしている。しかもそれが、罪人の間に往々見受けるような、温順を装って権勢に媚《こ》びる態度ではない。

庄兵衛は不思議に思った。そして舟に乗ってからも、単に役目の表で見張っているばかりでなく、絶えず喜助の挙動に、細かい注意をしていた。

その日は暮れ方から風がやんで、空一面をおおった薄い雲が、月の輪郭をかすませ、ようよう近寄って来る夏の温《あたた》かさが、両岸の土からも、川床《かわどこ》の土からも、もやになって立ちのぼるかと思われる夜《よ》であった。下京《しもきょう》の町を離れて、加茂川を横ぎったころからは、あたりがひっそりとして、ただ舳《へさき》にさかれる水のささやきを聞くのみである。

夜舟《よふね》で寝ることは、罪人にも許されているのに、喜助は横になろうともせず、雲の濃淡に従って、光の増したり減じたりする月を仰いで、黙っている。その額は晴れやかで目にはかすかなかがやきがある。

庄兵衛はまともには見ていぬが、始終喜助の顔から目を離さずにいる。そして不思議だ、不思議だと、心の内で繰り返している。それは喜助の顔が縦から見ても、横から見ても、いかにも楽しそうで、もし役人に対する気がねがなかったなら、口笛を吹きはじめるとか、鼻歌を歌い出すとかしそうに思われたからである。

庄兵衛は心の内に思った。これまでこの高瀬舟の宰領をしたことは幾たびだか知れない。しかし載せてゆく罪人は、いつもほとんど同じように、目も当てられぬ気の毒な様子をしていた。それにこの男はどうしたのだろう。遊山船《ゆさんぶね》にでも乗ったような顔をしている。罪は弟を殺したのだそうだが、よしやその弟が悪いやつで、それをどんなゆきがかりになって殺したにせよ、人の情《じょう》としていい心持ちはせぬはずである。この色の青いやせ男が、その人の情というものが全く欠けているほどの、世にもまれな悪人であろうか。どうもそうは思われない。ひょっと気でも狂っているのではあるまいか。いやいや。それにしては何一つつじつまの合わぬことばや挙動がない。この男はどうしたのだろう。庄兵衛がためには喜助の態度が考えれば考えるほどわからなくなるのである。

しばらくして、庄兵衛はこらえ切れなくなって呼びかけた。「喜助。お前何を思っているのか。」

「はい」と言ってあたりを見回した喜助は、何事をかお役人に見とがめられたのではないかと気づかうらしく、居ずまいを直して庄兵衛の気色《けしき》を伺った。

庄兵衛は自分が突然問いを発した動機を明かして、役目を離れた応対を求める言いわけをしなくてはならぬように感じた。そこでこう言った。「いや。別にわけがあって聞いたのではない。実はな、おれはさっきからお前の島へゆく心持ちが聞いてみたかったのだ。おれはこれまでこの舟でおおぜいの人を島へ送った。それはずいぶんいろいろな身の上の人だったが、どれもどれも島へゆくのを悲しがって、見送りに来て、いっしょに舟に乗る親類のものと、夜どおし泣くにきまっていた。それにお前の様子を見れば、どうも島へゆくのを苦にしてはいないようだ。いったいお前はどう思っているのだい。」

喜助はにっこり笑った。「御親切におっしゃってくだすって、ありがとうございます。なるほど島へゆくということは、ほかの人には悲しい事でございましょう。その心持ちはわたくしにも思いやってみることができます。しかしそれは世間でらくをしていた人だからでございます。京都は結構な土地ではございますが、その結構な土地で、これまでわたくしのいたして参ったような苦しみは、どこへ参ってもなかろうと存じます。お上《かみ》のお慈悲で、命を助けて島へやってくださいます。島はよしやつらい所でも、鬼のすむ所ではございますまい。わたくしはこれまで、どこといって自分のいていい所というものがございませんでした。こん度お上《かみ》で島にいろとおっしゃってくださいます。そのいろとおっしゃる所に落ち着いていることができますのが、まず何よりもありがたい事でございます。それにわたくしはこんなにかよわいからだではございますが、ついぞ病気をいたしたことはございませんから、島へ行ってから、どんなつらい仕事をしたって、からだを痛めるようなことはあるまいと存じます。それからこん度島へおやりくださるにつきまして、二百文《もん》の鳥目《ちょうもく》をいただきました。それをここに持っております。」こう言いかけて、喜助は胸に手を当てた。遠島を仰せつけられるものには、鳥目二百銅をつかわすというのは、当時の掟《おきて》であった。

喜助はことばをついだ。「お恥ずかしい事を申し上げなくてはなりませぬが、わたくしは今日《こんにち》まで二百文というお足《あし》を、こうしてふところに入れて持っていたことはございませぬ。どこかで仕事に取りつきたいと思って、仕事を尋ねて歩きまして、それが見つかり次第、骨を惜しまずに働きました。そしてもらった銭《ぜに》は、いつも右から左へ人手に渡さなくてはなりませなんだ。それも現金で物が買って食べられる時は、わたくしの工面《くめん》のいい時で、たいていは借りたものを返して、またあとを借りたのでございます。それがお牢にはいってからは、仕事をせずに食べさせていただきます。わたくしはそればかりでも、お上《かみ》に対して済まない事をいたしているようでなりませぬ。それにお牢を出る時に、この二百文をいただきましたのでございます。こうして相変わらずお上《かみ》の物を食べていて見ますれば、この二百文《もん》はわたくしが使わずに持っていることができます。お足を自分の物にして持っているということは、わたくしにとっては、これが始めでございます。島へ行ってみますまでは、どんな仕事ができるかわかりませんが、わたくしはこの二百文を島でする仕事の本手《もとで》にしようと楽しんでおります。」こう言って、喜助は口をつぐんだ。

庄兵衛は「うん、そうかい」とは言ったが、聞く事ごとにあまり意表に出たので、これもしばらく何も言うことができずに、考え込んで黙っていた。

庄兵衛はかれこれ初老に手の届く年になっていて、もう女房に子供を四人生ませている。それに老母が生きているので、家は七人暮らしである。平生人には吝嗇《りんしょく》と言われるほどの、倹約な生活をしていて、衣類は自分が役目のために着るもののほか、寝巻しかこしらえぬくらいにしている。しかし不幸な事には、妻をいい身代《しんだい》の商人の家から迎えた。そこで女房は夫のもらう扶持米《ふちまい》で暮らしを立ててゆこうとする善意はあるが、ゆたかな家にかわいがられて育った癖があるので、夫が満足するほど手元を引き締めて暮らしてゆくことができない。ややもすれば月末になって勘定が足りなくなる。すると女房が内証で里から金を持って来て帳尻《ちょうじり》を合わせる。それは夫が借財というものを毛虫のようにきらうからである。そういう事は所詮《しょせん》夫に知れずにはいない。庄兵衛は五節句だと言っては、里方《さとかた》から物をもらい、子供の七五三の祝いだと言っては、里方から子供に衣類をもらうのでさえ、心苦しく思っているのだから、暮らしの穴をうめてもらったのに気がついては、いい顔はしない。格別平和を破るような事のない羽田の家に、おりおり波風の起こるのは、これが原因である。

庄兵衛は今喜助の話を聞いて、喜助の身の上をわが身の上に引き比べてみた。喜助は仕事をして給料を取っても、右から左へ人手に渡してなくしてしまうと言った。いかにも哀れな、気の毒な境界《きょうがい》である。しかし一転してわが身の上《かみ》を顧みれば、彼と我れとの間に、はたしてどれほどの差があるか。自分も上からもらう扶持米《ふちまい》を、右から左へ人手に渡して暮らしているに過ぎぬではないか。彼と我れとの相違は、いわば十露盤《そろばん》の桁《けた》が違っているだけで、喜助のありがたがる二百文《もん》に相当する貯蓄だに、こっちはないのである。

さて桁を違えて考えてみれば、鳥目《ちょうもく》二百文をでも、喜助がそれを貯蓄と見て喜んでいるのに無理はない。その心持ちはこっちから察してやることができる。しかしいかに桁を違えて考えてみても、不思議なのは喜助の欲のないこと、足ることを知っていることである。

喜助は世間で仕事を見つけるのに苦しんだ。それを見つけさえすれば、骨を惜しまずに働いて、ようよう口を糊《のり》することのできるだけで満足した。そこで牢《ろう》に入ってからは、今まで得がたかった食が、ほとんど天から授けられるように、働かずに得られるのに驚いて、生まれてから知らぬ満足を覚えたのである。

庄兵衛はいかに桁《けた》を違えて考えてみても、ここに彼と我れとの間に、大いなる懸隔《けんかく》のあることを知った。自分の扶持米《ふちまい》で立ててゆく暮らしは、おりおり足らぬことがあるにしても、たいてい出納《すいとう》が合っている。手いっぱいの生活である。しかるにそこに満足を覚えたことはほとんどない。常は幸いとも不幸とも感ぜずに過ごしている。しかし心の奥には、こうして暮らしていて、ふいとお役が御免になったらどうしよう、大病にでもなったらどうしようという疑懼《ぎく》が潜んでいて、おりおり妻が里方から金を取り出して来て穴うめをしたことなどがわかると、この疑懼が意識の閾《しきい》の上に頭をもたげて来るのである。

いったいこの懸隔はどうして生じて来るだろう。ただ上《うわ》べだけを見て、それは喜助には身に係累がないのに、こっちにはあるからだと言ってしまえばそれまでである。しかしそれはうそである。よしや自分が一人者《ひとりもの》であったとしても、どうも喜助のような心持ちにはなられそうにない。この根底はもっと深いところにあるようだと、庄兵衛は思った。

庄兵衛はただ漠然《ばくぜん》と、人の一生というような事を思ってみた。人は身に病があると、この病がなかったらと思う。その日その日の食がないと、食ってゆかれたらと思う。万一の時に備えるたくわえがないと、少しでもたくわえがあったらと思う。たくわえがあっても、またそのたくわえがもっと多かったらと思う。かくのごとくに先から先へと考えてみれば、人はどこまで行って踏み止まることができるものやらわからない。それを今目の前で踏み止まって見せてくれるのがこの喜助だと、庄兵衛は気がついた。

庄兵衛は今さらのように驚異の目をみはって喜助を見た。この時庄兵衛は空を仰いでいる喜助の頭から毫光《ごうこう》がさすように思った。

庄兵衛は喜助の顔をまもりつつまた、「喜助さん」と呼びかけた。今度は「さん」と言ったが、これは充分の意識をもって称呼を改めたわけではない。その声がわが口から出てわが耳に入《い》るや否や、庄兵衛はこの称呼の不穏当なのに気がついたが、今さらすでに出たことばを取り返すこともできなかった。

「はい」と答えた喜助も、「さん」と呼ばれたのを不審に思うらしく、おそるおそる庄兵衛の気色《けしき》をうかがった。

庄兵衛は少し間《ま》の悪いのをこらえて言った。「いろいろの事を聞くようだが、お前が今度島へやられるのは、人をあやめたからだという事だ。おれについでにそのわけを話して聞せてくれぬか。」

喜助はひどく恐れ入った様子で、「かしこまりました」と言って、小声で話し出した。「どうも飛んだ心得違いで、恐ろしい事をいたしまして、なんとも申し上げようがございませぬ。あとで思ってみますと、どうしてあんな事ができたかと、自分ながら不思議でなりませぬ。全く夢中でいたしましたのでございます。わたくしは小さい時に二親《ふたおや》が時疫《じえき》でなくなりまして、弟と二人《ふたり》あとに残りました。初めはちょうど軒下に生まれた犬の子にふびんを掛けるように町内の人たちがお恵みくださいますので、近所じゅうの走り使いなどをいたして、飢え凍えもせずに、育ちました。次第に大きくなりまして職を捜しますにも、なるたけ二人が離れないようにいたして、いっしょにいて、助け合って働きました。去年の秋の事でございます。わたくしは弟といっしょに、西陣《にしじん》の織場《おりば》にはいりまして、空引《そらび》きということをいたすことになりました。そのうち弟が病気で働けなくなったのでございます。そのころわたくしどもは北山《きたやま》の掘立小屋《ほったてごや》同様の所に寝起きをいたして、紙屋川《かみやがわ》の橋を渡って織場へ通《かよ》っておりましたが、わたくしが暮れてから、食べ物などを買って帰ると、弟は待ち受けていて、わたくしを一人《ひとり》でかせがせてはすまないすまないと申しておりました。ある日いつものように何心なく帰って見ますと、弟はふとんの上に突っ伏していまして、周囲《まわり》は血だらけなのでございます。わたくしはびっくりいたして、手に持っていた竹の皮包みや何かを、そこへおっぽり出して、そばへ行って『どうしたどうした』と申しました。すると弟はまっ青な顔の、両方の頰からあごへかけて血に染まったのをあげて、わたくしを見ましたが、物を言うことができませぬ。息をいたすたびに、傷口でひゅうひゅうという音がいたすだけでございます。わたくしにはどうも様子がわかりませんので、『どうしたのだい、血を吐いたのかい』と言って、そばへ寄ろうといたすと、弟は右の手を床《とこ》に突いて、少しからだを起こしました。左の手はしっかりあごの下の所を押えていますが、その指の間から黒血の固まりがはみ出しています。弟は目でわたくしのそばへ寄るのを留めるようにして口をききました。ようよう物が言えるようになったのでございます。『すまない。どうぞ堪忍してくれ。どうせなおりそうにもない病気だから、早く死んで少しでも兄きにらくがさせたいと思ったのだ。笛《ふえ》を切ったら、すぐ死ねるだろうと思ったが息がそこから漏れるだけで死ねない。深く深くと思って、力いっぱい押し込むと、横へすべってしまった。刃はこぼれはしなかったようだ。これをうまく抜いてくれたらおれは死ねるだろうと思っている。物を言うのがせつなくっていけない。どうぞ手を借して抜いてくれ』と言うのでございます。弟が左の手をゆるめるとそこからまた息が漏ります。わたくしはなんと言おうにも、声が出ませんので、黙って弟の喉《のど》の傷をのぞいて見ますと、なんでも右の手に剃刀《かみそり》を持って、横に笛を切ったが、それでは死に切れなかったので、そのまま剃刀を、えぐるように深く突っ込んだものと見えます。柄《え》がやっと二寸ばかり傷口から出ています。わたくしはそれだけの事を見て、どうしようという思案もつかずに、弟の顔を見ました。弟はじっとわたくしを見詰めています。わたくしはやっとの事で、『待っていてくれ、お医者を呼んで来るから』と申しました。弟は恨めしそうな目つきをいたしましたが、また左の手で喉《のど》をしっかり押えて、『医者がなんになる、ああ苦しい、早く抜いてくれ、頼む』と言うのでございます。わたくしは途方に暮れたような心持ちになって、ただ弟の顔ばかり見ております。こんな時は、不思議なもので、目が物を言います。弟の目は『早くしろ、早くしろ』と言って、さも恨めしそうにわたくしを見ています。わたくしの頭の中では、なんだかこう車の輪のような物がぐるぐる回っているようでございましたが、弟の目は恐ろしい催促をやめません。それにその目の恨めしそうなのがだんだん険しくなって来て、とうとう敵《かたき》の顔をでもにらむような、憎々しい目になってしまいます。それを見ていて、わたくしはとうとう、これは弟の言ったとおりにしてやらなくてはならないと思いました。わたくしは『しかたがない、抜いてやるぞ』と申しました。すると弟の目の色がからりと変わって、晴れやかに、さもうれしそうになりました。わたくしはなんでもひと思いにしなくてはと思ってひざを撞《つ》くようにしてからだを前へ乗り出しました。弟は突いていた右の手を放して、今まで喉を押えていた手のひじを床《とこ》に突いて、横になりました。

わたくしは剃刀《かみそり》の柄をしっかり握って、ずっと引きました。この時わたくしの内から締めておいた表口の戸をあけて、近所のばあさんがはいって来ました。留守の間、弟に薬を飲ませたり何かしてくれるように、わたくしの頼んでおいたばあさんなのでございます。もうだいぶ内のなかが暗くなっていましたから、わたくしにはばあさんがどれだけの事を見たのだかわかりませんでしたが、ばあさんはあっと言ったきり、表口をあけ放しにしておいて駆け出してしまいました。わたくしは剃刀《かみそり》を抜く時、手早く抜こう、まっすぐに抜こうというだけの用心はいたしましたが、どうも抜いた時の手ごたえは、今まで切れていなかった所を切ったように思われました。刃が外のほうへ向いていましたから、外のほうが切れたのでございましょう。わたくしは剃刀を握ったまま、ばあさんのはいって来てまた駆け出して行ったのを、ぼんやりして見ておりました。ばあさんが行ってしまってから、気がついて弟を見ますと、弟はもう息が切れておりました。傷口からはたいそうな血が出ておりました。それから年寄衆《としよりしゅう》がおいでになって、役場へ連れてゆかれますまで、わたくしは剃刀をそばに置いて、目を半分あいたまま死んでいる弟の顔を見詰めていたのでございます。」

少しうつ向きかげんになって庄兵衛の顔を下から見上げて話していた喜助は、こう言ってしまって視線をひざの上に落とした。

喜助の話はよく条理が立っている。ほとんど条理が立ち過ぎていると言ってもいいくらいである。これは半年ほどの間、当時の事を幾たびも思い浮かべてみたのと、役場で問われ、町奉行所《まちぶぎょうしょ》で調べられるそのたびごとに、注意に注意を加えてさらってみさせられたのとのためである。

庄兵衛はその場の様子を目《ま》のあたり見るような思いをして聞いていたが、これがはたして弟殺しというものだろうか、人殺しというものだろうかという疑いが、話を半分聞いた時から起こって来て、聞いてしまっても、その疑いを解くことができなかった。弟は剃刀《かみそり》を抜いてくれたら死なれるだろうから、抜いてくれと言った。それを抜いてやって死なせたのだ、殺したのだとは言われる。しかしそのままにしておいても、どうせ死ななくてはならぬ弟であったらしい。それが早く死にたいと言ったのは、苦しさに耐えなかったからである。喜助はその苦《く》を見ているに忍びなかった。苦から救ってやろうと思って命を絶った。それが罪であろうか。殺したのは罪に相違ない。しかしそれが苦から救うためであったと思うと、そこに疑いが生じて、どうしても解けぬのである。

庄兵衛の心の中には、いろいろに考えてみた末に、自分よりも上のものの判断に任すほかないという念、オオトリテエに従うほかないという念が生じた。庄兵衛はお奉行《ぶぎょう》様の判断を、そのまま自分の判断にしようと思ったのである。そうは思っても、庄兵衛はまだどこやらにふに落ちぬものが残っているので、なんだかお奉行様に聞いてみたくてならなかった。

次第にふけてゆくおぼろ夜に、沈黙の人二人《ふたり》を載せた高瀬舟は、黒い水の面《おもて》をすべって行った。

恩讐《おんしゅう》の彼方に

菊池寛

一

市《いち》九郎《ろう》は、主人の切り込んで来る太刀を受け損じて、左の頬から顎へかけて、微傷ではあるが、一太刀受けた。自分の罪を――たとえ向うから挑まれたとはいえ、主人の寵妾と非道な恋をしたという、自分の致命的な罪を、意識している市九郎は、主人の振り上げた太刀を、必至な刑罰として、たとえその切先を避くるに努むるまでも、それに反抗する心持は、少しも持ってはいなかった。彼は、ただこうした自分の迷いから、命を捨てることが、いかにも惜しまれたので、できるだけは逃れてみたいと思っていた。それで、主人から不義をいい立てられて切りつけられた時、あり合せた燭台を、早速の獲物として主人の鋭い太刀先を避けていた。が、五十に近いとはいえ、まだ筋骨のたくましい主人が畳みかけて切り込む太刀を、攻撃に出られない悲しさには、いつとなく受け損じて、最初の一太刀を、左の頰に受けたのである。が、一旦血を見ると、市九郎の心は、たちまちに変っていた。彼の分別のあった心は、闘牛者の槍を受けた牡牛のように荒んでしまった。どうせ死ぬのだと思うと、そこに世間もなければ主従もなかった。今までは、主人だと思っていた相手の男が、ただ自分の生命を、脅《おど》そうとしている一個の動物――それも凶悪な動物としか、見えなかった。彼は奮然として、攻撃に転じた。彼は「おうお」と叫《おめ》きながら、持っていた燭台を、相手の面上を目がけて投げ打った。市九郎が、防御のための防御をしているのを見て、気を許してかかっていた主人の三郎兵衛《ろうべえ》は、不意に投げつけられた燭台を受けかねて、その蠟受けの一角がしたたかに彼の右眼を打った。市九郎は、相手のたじろぐ隙に、脇差を抜くより早く飛びかかった。

「おのれ、手向いするか！」と、三郎兵衛は激怒した。市九郎は無言で付け入った。主人の三尺に近い太刀と、市九郎の短い脇差とが、二、三度激しく打ち合うた。

主従が必死になって、十数合太刀を合わす間に、主人の太刀先が、二、三度低い天井をかすって、しばしば太刀を操る自由を失おうとした。市九郎はそこへ付け入った。主人は、その不利に気がつくと、自由な戸外へ出ようとして、二、三歩後退《あとずさ》りして縁の外へ出た。その隙に市九郎が、なおも付け入ろうとするのを、主人は「えい」と、苛だって切り下した。が、苛だったあまりその太刀は、縁側と、座敷との間に垂れ下っている鴨居に、不覚にも二、三寸切り込まれた。

「しまった」と、三郎兵衛が太刀を引こうとする隙に、市九郎は踏み込んで、主人の脇腹を思うさま横に薙《な》いだのであった。

敵手《あいて》が倒れてしまった瞬間に、市九郎は我にかえった。今まで興奮して朦朧としていた意識が、ようやく落着くと、彼は、自分が主殺しの大罪を犯したことに気がついて、後悔と恐怖とのために、そこにへたばってしまった。

夜は初更《しょこう》を過ぎていた。母屋《おもや》と、仲間部屋とは、遠く隔っているので、主従の恐ろしい格闘は、母屋に住んでいる女中以外、まだだれにも知られなかったらしい。その女中たちは、この激しい格闘に気を失い、一間のうちに集って、ただ身を震わせているだけであった。

市九郎は、深い悔恨にとらわれていた。一個の蕩児であり、無頼の若武士ではあったけれども、まだ悪事と名の付くことは、何もしていなかった。まして八逆の第一なる主殺しの大罪を犯そうとは、彼の思いも付かぬことだった。彼は、血の付いた脇差を取り直した。主人の妾と慇懃を通じて、そのために成敗を受けようとした時、かえってその主人を殺すということは、どう考えても、彼にいいところはなかった。彼は、まだびくびくと動いている主人の死体を尻眼にかけながら、静かに自殺の覚悟を固めていた。するとその時、次の間から、今までの大きい圧迫から逃れ出たような声がした。

「ほんとにまあ、どうなることかと思って心配したわ。お前がまっ二つにやられた後は、私の番じゃあるまいかと、さっきから、屏風《びょうぶ》の後で息を凝らして見ていたのさ。が、ほんとうにいい塩梅《あんばい》だったね。こうなっちゃ、一刻《とき》も猶予はしていられないから、有り金をさらって逃げるとしよう。まだ仲間たちは気がついていないようだから、逃げるなら今のうちさ。乳母や女中などは、台所の方でがたがた震えているらしいから、私が行って、じたばた騒がないようにいってこようよ。さあ！　お前は有り金を探して下さいよ」というその声は、確かに震えを帯びていた。が、そうした震えを、女性としての強い意地で抑制して、努めて平気を装っているらしかった。

市九郎は――自分特有の動機を、すっかり失くしていた市九郎は、女の声をきくと、蘇《よみがえ》ったように活気づいた。彼は、自分の意志で働くというよりも、女の意志によって働く傀儡《かいらい》のように立ち上ると、座敷に置いてある桐の茶箪笥に手をかけた。そして、その真白い木目に、血に汚れた手形を付けながら、引出しをあちらこちらと探し始めた。が、女――主人の妾のお弓が帰ってくるまでに、市九郎は、二朱銀の五両包をただ一つ見つけた

ばかりであった。お弓は、台所から引っ返してきて、その金を見ると、

「そんな端金《はしたがね》が、どうなるものかね」と、いいながら、今度は自分で、やけに引出しを引掻き回した。しまいには鎧櫃《よろいびつ》の中まで探したが、小判は一枚も出てきはしなかった。

「名うての始末屋だから、瓶《かめ》にでも入れて、土の中へでも埋めてあるのかも知れない」そう忌々《いまいま》しそうにいい切ると、金目のありそうな衣類や、印籠を、手早く風呂敷包にした。

こうして、この姦夫姦婦《かんぷかんぷ》が、浅草田原町の旗本、中川三郎兵衛の家を出たのは、安永《あんえい》三年の秋の初めであった。後には、当年三歳になる三郎兵衛の一子実之助が、父の非業の死も知らず、乳母の懐ろにすやすや眠っているばかりであった。

二

市九郎とお弓は、江戸を逐電してから、東海道はわざと避けて、人目を忍びながら、東《とう》山道《さんどう》を上方へと志した。市九郎は、主殺しの罪から、絶えず良心の苛責を受けていた。が、けんぺき茶屋の女中上りの、莫連者《ばくれんもの》のお弓は、市九郎が少しでも沈んだ様子を見せると、

「どうせ凶状持ちになったからには、いくらくよくよしてもしようがないじゃないか。度胸を据えて世の中を面白く暮すのが上分別さ」と、市九郎の心に、明け暮れ悪の拍車を加

えた。が、信州から木曾の藪原《やぶはら》の宿まで来た時には、二人の路用の金は、百も残っていなかった。二人は、窮するにつれて、悪事を働かねばならなかった。最初はこうした男女の組合せとしては、最もなしやすい美人局《つつもたせ》を稼業とした。そうして信州から尾州へかけての宿々で、往来の町人百姓の路用の金を奪っていた。初めのほどは、女からの激しい教唆《きょうさ》で、つい悪事を犯し始めていた市九郎も、ついには悪事の面白さを味わい始めた。浪人姿をした市九郎に対して、被害者の町人や百姓は、金を取られながら、すこぶる柔順であった。

悪事がだんだん進歩していった市九郎は、美人局からもっと単純な、手数のいらぬ強請《ゆすり》をやり、最後には、切取強盗を正当な稼業とさえ心得るようになった。

彼は、いつとなしに信濃から木曾へかかる鳥居峠《とりいとうげ》に土着した。そして昼は茶店を開き、夜は強盗を働いた。

彼はもうそうした生活に、なんの躊躇をも、不安をも感じないようになっていた。金のありそうな旅人を狙って、殺すと巧みにその死体を片づけた。一年に三、四度、そうした罪を犯すと、彼は優に一年の生活を支えることができた。

それは、彼らが江戸を出てから、三年目になる春の頃であった。参勤交代の北国大名の行列が、二つばかり続いて通ったため、木曾街道の宿々は、近頃になく賑わった。ことにこの頃は、信州を始め、越後や越中からの伊勢参宮の客が街道に続いた。その中には、京から大坂へと、遊山の旅を延すのが多かった。市九郎は、彼らの二、三人をたおして、その年の生活費を得たいと思っていた。木曾街道にも、杉や檜に交って咲いた山桜が散り始める夕暮のことであった。市九郎の店に男女二人の旅人が立ち寄った。それは明らかに夫婦であった。男は三十を越していた。女は二十三、四であっただろう。供を連れない気楽な旅に出た信州の豪農の若夫婦らしかった。

市九郎は、二人の身形《みなり》を見ると、彼はこの二人を今年の犠牲者にしようかと、思っていた。

「もう藪原の宿まで、いくらもあるまいな」

こういいながら、男の方は、市九郎の店の前で、草鞋《わらじ》の紐を結び直そうとした。市九郎が、返事をしようとする前に、お弓が、台所から出てきながら、

「さようでございます、もうこの峠を降りますれば半道もございません。まあ、ゆっくり休んでからになさいませ」と、いった。市九郎は、お弓のこの言葉を聞くと、お弓がすでに恐ろしい計画を、自分に勧めようとしているのを覚えた。藪原の宿まではまだ二里に余る道を、もう何ほどもないようにいいくるめて、旅人に気をゆるさせ、彼らの行程が夜に入るのに乗じて、間道を走って、宿の入口で襲うのが、市九郎の常套の手段であった。

その男は、お弓の言葉をきくと、

「それならば、茶なと一杯所望しようか」といいながら、もう彼らの第一の罠に陥ってし

まった。女は赤い紐の付いた旅の菅笠《すげがさ》を取りはずしながら、夫のそばに寄り添うて、腰をかけた。

彼らは、ここで小半刻も、峠を登り切った疲れを休めると、鳥目《ちょうもく》を置いて、紫に暮れかかっている小木曾《おぎそ》の谷に向って、鳥居峠を降りていった。

二人の姿が見えなくなると、お弓は、それとばかり合図をした。市九郎は、獲物を追う猟師のように、脇差を腰にすると、一散に二人の後を追うた。本街道を右に折れて、木曾川の流れに沿うて、険しい間道を急いだ。

市九郎が、藪原の宿手前の並木道に来た時は、春の長い日がまったく暮れて、十日ばかりの月が木曾の山の彼方に登ろうとして、ほの白い月しろのみが、木曾の山々を微かに浮ばせていた。

市九郎は、街道に沿うて生えている、一叢《むら》の丸葉柳の下に身を隠しながら、夫婦の近づくのを、徐《おもむろ》に待っていた。彼も心の底では、幸福な旅をしている二人の男女の生命を、不当に奪うということが、どんなに罪深いかということを、考えずにはいなかった。が、一旦なしかかった仕事を中止して帰ることは、お弓の手前、彼の心にまかせぬことであった。

彼は、この夫婦の血を流したくはなかった。なるべく相手が、自分の脅迫に二言もなく服従してくれればいいと、思っていた。もし彼らが路用の金と衣装とを出すなら、決して殺生はしまいと思っていた。

彼の決心がようやく固まった頃に、街道の彼方から、急ぎ足に近づいてくる男女の姿が見えた。

二人は、峠からの道が、覚悟のほかに遠かったため、疲れ切ったと見え、お互いに助け合いながら、無言のままに急いで来た。

二人が、丸葉柳の茂みに近づくと、市九郎は、不意に街道の真ん中に突っ立った。そして、今までに幾度も口にし馴れている脅迫の言葉を浴せかけた。すると、男は必死になったらしく、道中差を抜くと、妻を後に庇《かば》いながら身構えした。市九郎は、ちょっと出鼻を折られた。が、彼は声を励まして、「いやさ、旅の人、手向いしてあたら命を落すまいぞ。命までは取ろうといわぬのじゃ。有り金と衣類とをおとなしく出して行け！」と、叫んだ。その顔を、相手の男は、じいっと見ていたが、

「やあ！　先程の峠の茶屋の主人ではないか」と、その男は、必死になって飛びかかってきた。市九郎は、もうこれまでと思った。自分の顔を見覚えられた以上、自分たちの安全のため、もうこの男女を生かすことはできないと思った。

相手が必死に切り込むのを、巧みに引きはずしながら、一刀を相手の首筋に浴びせた。見ると連れの女は、気を失ったように道の傍に蹲《うずくま》りながら、ぶるぶると震えていた。

市九郎は、女を殺すに忍びなかった。が、彼は自分の危急には代えられぬと思った。男の方を殺して殺気立っている間にと思って、血刀を振りかざしながら、彼は女に近づいた。女は、両手を合わして、市九郎に命を乞うた。市九郎は、その瞳に見つめられると、どうしても刀を下ろせなかった。が、彼は殺さねばならぬと思った。この時市九郎の欲心は、この女を切って女の衣装を台なしにしてはつまらないと思った。そう思うと、彼は腰に下げていた手拭をはずして女の首を絞《くく》った。

市九郎は、二人を殺してしまうと、急に人を殺した恐怖を感じて、一刻もいたたまらないように思った。彼は、二人の胴巻と衣類とを奪うと、あたふたとしてその場から一散に逃れた。彼は、今まで十人に余る人殺しをしたものの、それは半白の老人とか、商人とか、そうした階級の者ばかりで、若々しい夫婦づれを二人まで自分の手にかけたことはなかった。

彼は、深い良心の苛責《かしゃく》にとらわれながら、帰ってきた。そして家に入ると、すぐさま、男女の衣装と金とを、汚らわしいもののように、お弓の方へ投げやった。女は、悠然としてまず金の方を調べてみた。金は思ったより少なく、二十両をわずかに越しているばかりであった。

お弓は殺された女の着物を手に取ると、「まあ、黄八丈の着物に紋縮緬《もんちりめん》の襦袢だね。だが、お前さん、この女の頭のものは、どうおしだい」と、彼女は詰問するように、市九郎を顧《かえり》みた。

「頭のもの！」と、市九郎は半ば返事をした。

「そうだよ。頭のものだよ。黄八丈に紋縮緬の着付じゃ、頭のものだって、擬物《まがいもの》の櫛《くし》や笄《こうがい》じゃあるまいじゃないか。わたしは、さっきあの女が菅笠を取った時に、ちらと睨んでおいたのさ。瑇瑁《たいまい》の揃いに相違なかったよ」と、お弓はのしかかるようにいった。殺した女の頭のもののことなどは、夢にも思っていなかった市九郎は、なんとも答えるすべがなかった。

「お前さん！　まさか、取るのを忘れたのじゃあるまいね。瑇瑁だとすれば、七両や八両は確かだよ。駆け出しの泥棒じゃあるまいし、なんのために殺生をするのだよ。あれだけの衣装を着た女を、殺しておきながら、頭のものに気がつかないとは、お前は、いつから泥棒稼業におなりなのだえ。なんというどじをやる泥棒だろう。なんとか、いってごらん！」と、お弓は、威たけ高になって、市九郎に食ってかかってきた。

二人の若い男女を殺してしまった悔いに、心の底まで冒《おか》されかけていた市九郎は、女の言葉から深く傷つけられた。彼は頭のものを取ることを、忘れたという盗賊としての失策を、或いは無能を、悔ゆる心は少しもなかった。自分は、二人を殺したことを、悪いことと思えばこそ、殺すことに気も転動して、女がその頭に十両にも近い装飾を付けていることをまったく忘れていた。市九郎は、今でも忘れていたことを後悔する心は起らなかった。強盗に身を落して、利欲のために人を殺しているものの、悪鬼のように相手の骨まではしゃぶらなかったことを考えると、市九郎は悪い気持はしなかった。それにもかかわらず、お弓は自分の同性が無残にも殺されて、その身に付けた下衣《したぎ》までが、殺戮者《さつりくしゃ》に対する貢物として、自分の目の前に晒《さら》されているのを見ながら、なおその飽き足らない欲心は、さすが悪人の市九郎の目をこぼれた頭のものにまで及んでいる、そう考えると、市九郎はお弓に対して、いたたまらないような浅ましさを感じた。

お弓は、市九郎の心に、こうした激変が起っているのをまったく知らないで、

「さあ！　お前さん！　一走り行っておくれ。せっかく、こっちの手に入っているものを遠慮するには、当らないじゃないか」と、自分の言い分に十分な条理があることを信ずるように、勝ち誇った表情をした。

が、市九郎は黙々として応じなかった。

「おや！　お前さんの仕事のあらを拾ったので、お気に触ったと見えるね。本当に、お前さんは行く気はないのかい。十両に近いもうけものを、みすみすふいにしてしまうつもりかい」と、お弓は幾度も市九郎に迫った。

いつもは、お弓のいうことを、唯々《いい》としてきく市九郎ではあったが、今彼の心は激しい

動乱の中にあって、お弓の言葉などは耳に入らないほど、考え込んでいたのである。

「いくらいっても、行かないのだね。それじゃ、私が一走り行ってこようよ。場所はどこなの。やっぱりいつものところなのかい」と、お弓がいった。

お弓に対して、抑えがたい嫌悪を感じ始めていた市九郎は、お弓が一刻でも自分のそばにいなくなることを、むしろ欣《よろこ》んだ。

「知れたことよ。いつもの通り、藪原の宿の手前の松並木さ」と、市九郎は吐き出すようにいった。「じゃ、一走り行ってくるから。幸い月の夜でそとは明るいし……。ほんとうに、へまな仕事をするったら、ありゃしない」と、いいながら、お弓は裾をはしょって、草履をつっかけると駆け出した。

市九郎は、お弓の後姿を見ていると、浅ましさで、心がいっぱいになってきた。死人の髪のものを剝ぐために、血眼になって駆け出して行く女の姿を見ると、市九郎はその女に、かつて愛情を持っていただけに、心の底から浅ましく思わずにはいられなかった。その上、自分が悪事をしている時、たとい無残にも人を殺している時でも、金を盗んでいる時でも、自分がしているということが、常に不思議な言い訳になって、その浅ましさを感ずることが少なかったが、一旦人が悪事をなしているのを、静かに傍観するとなると、その恐ろしさ、浅ましさが、あくまで明らかに、市九郎の目に映らずにはいなかった。自分が、命を賭してまで得た女が、わずか五両か十両の瑇瑁《たいまい》のために、女性の優しさのすべてを捨てて、死骸に付く狼のように、殺された女の死骸を慕うて駆けて行くのを見ると、市九郎は、もうこの罪悪の棲家《すみか》に、この女と一緒に一刻もいたたまれなくなった。そう考え出すと、自分の今までに犯した悪事がいちいち蘇《よみがえ》って自分の心を食い割いた。絞め殺した女の瞳や、血みどろになった繭商人《まゆしょうにん》の呻き声や、一太刀浴せかけた白髪の老人の悲鳴などが、一団になって市九郎の良心を襲うてきた。彼は、一刻も早く自分の過去から逃れたかった。彼は、自分自身からさえも、逃れたかった。まして自分のすべての罪悪の萌芽であった女から、極力逃れたかった。彼は、決然として立ち上った。彼は、二、三枚の衣類を風呂敷に包んだ。さっきの男から盗った胴巻を、当座の路用として懐ろに入れたままで、支度も整えずに、戸外に飛び出した。が、十間ばかり走り出した時、ふと自分の持っている金も、衣類も、ことごとく盗んだものであるのに気がつくと、跳ね返されたように立ち戻って、自分の家の上り框《がまち》へ、衣類と金とを、力一杯投げつけた。

彼は、お弓に会わないように、道でない道を木曾川に添うて一散に走った。どこへ行くという当てもなかった。ただ自分の罪悪の根拠地から、一寸でも、一分でも遠いところへ逃れたかった。

三

二十里に余る道を、市九郎は、山野の別なく唯一息に馳せて、明くる日の昼下り、美濃国の大垣在の浄願寺《じょうがんじ》に駆け込んだ。彼は、最初からこの寺を志してきたのではない。彼の遁走の中途、偶然この寺の前に出た時、彼の惑乱した懺悔の心は、ふと宗教的な光明に縋《すが》ってみたいという気になったのである。

浄願寺は、美濃一円真言宗の僧録であった。市九郎は、現往明遍大徳衲《げんおうみょうへんだいとくのう》の袖に縋って、懺悔の真《まこと》をいたした。上人《しょうにん》はさすがに、この極重悪人をも捨てなかった。市九郎が有司《ゆうし》の下に自首しようかというのを止めて、

「重ね重ねの悪業を重ねた汝じゃから、有司の手によって身を梟木《きょうぼく》に晒され、現在の報いを自ら受くるのも一法じゃが、それでは未来永劫、焦熱地獄の苦艱《くげん》を受けておらねばならぬぞよ。それよりも、仏道に帰依《きえ》し、衆生済度《しゅじょうさいど》のために、身命を捨てて人々を救うと共に、汝自身を救うのが肝心じゃ」と、教化した。

市九郎は、上人の言葉をきいて、またさらに懺悔の火に心を爛《ただ》らせて、当座に出家の志を定めた。彼は、上人の手によって得度《とくど》して、了海《りょうかい》と法名を呼ばれ、ひたすら仏道修行に肝胆を砕いたが、道心勇猛のために、わずか半年に足らぬ修行に、行業《ぎょうごう》は氷霜《ひょうそう》よりも皓《きよ》く、

朝には三密の行法を凝らし、夕には秘密念仏の安座を離れず、二行彬々として蒼然智度の心萌し、天晴れの智識となりすました。彼は自分の道心が定まって、もう動かないのを自覚すると、師の坊の許しを得て、諸人救済の大願を起し、諸国雲水の旅に出たのであった。

美濃の国を後にして、まず京洛の地を志した。彼は、幾人もの人を殺しながら、たとい僧形の姿なりとも、自分が生き永らえているのが心苦しかった。諸人のため、身を粉々に砕いて、自分の罪障の万分の一をも償いたいと思っていた。ことに自分が、木曾山中にあって、行人をなやませたことを思うと、道中の人々に対して、償いきれぬ負担を持っているように思われた。

行住座臥にも、人のためを思わぬことはなかった。道路に難渋の人を見ると、彼は、手を引き、腰を押して、その道中を助けた。病に苦しむ老幼を負うて、数里に余る道を遠しとしなかったこともあった。本街道を離れた村道の橋でも、破壊されている時は、彼は自ら山に入って、木を切り、石を運んで修繕した。道の崩れたのを見れば、土砂を運び来って繕うた。かくして、畿内から、中国を通して、ひたすら善根を積むことに腐心したが、身に重なれる罪は、空よりも高く、積む善根は土地よりも低きを思うと、彼は今更に、半生の悪業の深きを悲しんだ。市九郎は、些細《ささい》な善根によって、自分の極悪が償いきれぬことを知って、心を暗うした。逆旅《げきりょ》の寝覚めにはかかる頼母《たのも》しからぬ報償をしながら、なお生を貪っていることが、はなはだ腑甲斐ないように思われて、自ら殺したいと思ったことさえあった。が、そのたびごとに、不退転の勇を翻し、諸人救済の大業をなすべき機縁のいたらんことを祈念した。

享保《きょうほう》九年の秋であった。彼は、赤間ヶ関から小倉に渡り、豊前の国、宇佐八幡宮を拝し、山国川《やまくにがわ》をさかのぼって耆闍崛山羅漢寺《きしゃくつせんらかんじ》に詣でんものと、四日市から南に赤土の茫々たる野原を過ぎ、道を山国川の渓谷に添うて、辿った。

筑紫の秋は、駅路の宿《とま》りごとに更けて、雑木の森には櫨《はじ》赤く爛《ただ》れ、野には稲黄色く稔り、農家の軒には、この辺の名物の柿が真紅の珠を連ねていた。

それは八月に入って間もないある日であった。彼は秋の朝の光の輝く、山国川の清冽《せいれつ》な流れを右に見ながら、三口から仏坂の山道を越えて、昼近き頃樋田《ひだ》の駅に着いた。淋しい駅で昼食の斎《とき》にありついた後、再び山国谷《やまくにだに》に添うて南を指した。樋田駅から出はずれると、道はまた山国川に添うて、火山岩の河岸を伝うて走っていた。

歩みがたい石高道を、市九郎は、杖を頼りに辿っていた時、ふと道のそばに、この辺の農夫であろう、四、五人の人々が罵り騒いでいるのを見た。

市九郎が近づくと、その中の一人は、早くも市九郎の姿を見つけて、

「これは、よいところへ来られた。非業の死を遂げた、哀れな亡者じゃ。通りかかられた

縁に、一遍の回向《えこう》をして下され」と、いった。

　非業の死だときいた時、剽賊《ひょうぞく》のためにあやめられた旅人の死骸ではあるまいかと思うて、市九郎は過去の悪業を思い起して、刹那に湧く悔恨の心に、両脚の竦《すく》むのをおぼえた。

「見れば水死人のようじゃが、ところどころ皮肉の破れているのは、いかがした子細じゃ」と、市九郎は、恐る恐るきいた。

「御出家は、旅の人と見えてご存じあるまいが、この川を半町も上れば、鎖渡しという難所がある。山国谷第一の切所《きりしょ》で、南北往来の人馬が、ことごとく難儀するところじゃが、この男はこの川上柿坂郷に住んでいる馬子《まご》じゃが、今朝鎖渡しの中途で、馬が狂うたため、五丈に近いところを真っ逆様に落ちて、見られる通りの無残な最期じゃ」と、その中の一人がいった。

「鎖渡しと申せば、かねがね難所とは聞いていたが、かようなあわれを見ることは、たびたびござるのか」と、市九郎は、死骸を見守りながら、打ちしめってきいた。

「一年に三、四人、多ければ十人も、思わぬ憂き目を見ることがある。無双の難所ゆえに、風雨に桟《かけはし》が朽ちても、修繕も思うにまかせぬのじゃ」と、答えながら、百姓たちは死骸の始末にかかっていた。

　市九郎は、この不幸な遭難者に一遍の経を読むと、足を早めてその鎖渡しへと急いだ。

そこまでは、もう一町もなかった。見ると、川の左に聳《そび》える荒削りされたような山が、山国川に臨むところで、十丈に近い絶壁に切り立たれて、そこに灰白色のぎざぎざした襞《ひだ》の多い肌を露出しているのであった。山国川の水は、その絶壁に吸い寄せられたように、ここに慕い寄って、絶壁の裾を洗いながら、濃緑の色を湛えて、渦巻いている。

里人らが、鎖渡しといったのはこれだろうと、彼は思った。道は、その絶壁に絶たれ、その絶壁の中腹を、松、杉などの丸太を鎖で連ねた桟道が、危げに伝っている。かよわい婦女子でなくとも、俯して五丈に余る水面を見、仰いで頭を圧する十丈に近い絶壁を見る時は、魂消え、心戦《おのの》くも理《ことわ》りであった。

市九郎は、岩壁に縋りながら、戦く足を踏み締めて、ようやく渡り終ってその絶壁を振り向いた刹那、彼の心にはとっさに大誓願が、勃然として萌《きざ》した。

積むべき贖罪《しょくざい》のあまりに小さかった彼は、自分が精進勇猛の気を試すべき難業にあうことを祈っていた。今目前に行人が艱難し、一年に十に近い人の命を奪う難所を見た時、彼は、自分の身命を捨ててこの難所を除こうという思いつきが旺然として起ったのも無理ではなかった。二百余間に余る絶壁を掘貫《ほりつらぬ》いて道を通じようという、不敵な誓願が、彼の心に浮かんできたのである。

市九郎は、自分が求め歩いたものが、ようやくここで見つかったと思った。一年に十人を救えば、十年には百人、百年、千年と経つうちには、千万の人の命を救うことができると思ったのである。

こう決心すると、彼は、一途に実行に着手した。その日から、羅漢寺の宿坊に宿《とま》りながら、山国川に添うた村々を勧化《かんげ》して、隧道開鑿《ずいどうかいさく》の大業の寄進を求めた。が、何人《なんぴと》もこの風来僧の言葉に、耳を傾ける者はなかった。

「三町をも超える大盤石を掘貫こうという風狂人《ふうきょうじん》じゃ、はははは」と、嗤《わら》うものは、まだよかった。「大騙《おおかた》りじゃ。針のみぞから天を覗くようなことを言い前にして、金を集めようという、大騙りじゃ」と、中には市九郎の勧説《かんぜい》に、迫害を加うる者さえあった。

市九郎は、十日の間、徒らな勧進に努めたが、何人《なんぴと》もが耳を傾けぬのを知ると、奮然として、独力、この大業に当ることを決心した。彼は、石工の持つ槌と鑿《のみ》とを手に入れて、この大絶壁の一端に立った。それは、一個のカリカチュアであった。削り落しやすい火山岩であるとはいえ、川を圧して聳え立つ蜿蜒《えんえん》たる大絶壁を、市九郎は、己一人の力で掘貫こうとするのであった。

「とうとう気が狂った！」と、行人は、市九郎の姿を指しながら嗤った。

が、市九郎は屈しなかった。山国川の清流に沐浴して、観世音菩薩を祈りながら、渾身の力を籠めて第一の槌を下した。

それに応じて、ただ二、三片《ひら》の砕片が、飛び散ったばかりであった。が、再び力を籠めて第二の槌を下した。更に二、三片の小塊が、巨大なる無限大の大塊から、分離したばかりであった。第三、第四、第五と、市九郎は懸命に槌を下した。空腹を感ずれば、近郷を托鉢し、腹満つれば絶壁に向って槌を下した。懈怠《けたい》の心を生ずれば、只真言を唱えて、勇猛の心を振い起した。一日、二日、三日、市九郎の努力は間断なく続いた。旅人は、そのそばを通るたびに、嘲笑の声を送った。が、市九郎の心は、そのために須臾《しゅゆ》も撓《たゆ》むことはなかった。嗤笑《ししょう》の声を聞けば、彼はさらに槌を持つ手に力を籠めた。

やがて、市九郎は、雨露を凌《しの》ぐために、絶壁に近く木小屋を立てた。朝は、山国川の流れが星の光を写す頃から起き出で、夕は瀬鳴《せなり》の音が静寂の天地に澄みかえる頃までも、止めなかった。が、行路の人々は、なお嗤笑の言葉を止めなかった。

「身のほどを知らぬたわけじゃ」と、市九郎の努力を眼中におかなかった。

が、市九郎は一心不乱に槌を振った。槌を振っていさえすれば、彼の心には何の雑念も起らなかった。人を殺した悔恨も、そこに無かった。極楽に生れようという、欣求《ごんぐ》もなかった。ただそこに、晴々した精進の心があるばかりであった。彼は出家して以来、夜ごとの寝覚めに、身を苦しめた自分の悪業の記憶が、日に薄らいでいくのを感じた。彼はますます勇猛の心を振い起して、ひたすら専念に槌を振った。

新しい年が来た。春が来て、夏が来て、早くも一年が経った。市九郎の努力は、空しくはなかった。大絶壁の一端に、深さ一丈に近い洞窟が穿《うが》たれていた。それは、ほんの小さい洞窟ではあったが、市九郎の強い意志は、最初の爪痕《そうこん》を明らかに止めていた。

が、近郷の人々はまた市九郎を嗤った。

「あれ見られい！　狂人坊主が、あれだけ掘りおった。一年の間、もがいて、たったあれだけじゃ……」と、嗤った。が、市九郎は自分の掘り穿った穴を見ると、涙の出るほど嬉しかった。それはいかに浅くとも、自分が精進の力の如実《にょじつ》に現れているものに、相違なかった。市九郎は年を重ねて、また更に振い立った。夜は如法《にょほう》の闇に、昼もなお薄暗い洞窟のうちに端座して、ただ右の腕のみを、狂気のごとくに振っていた。市九郎にとって、右の腕を振ることのみが、彼の宗教的生活のすべてになってしまった。

洞窟の外には、日が輝き月が照り、雨が降り嵐が荒《すさ》んだ。が、洞窟の中には、間断なき槌の音のみがあった。

二年の終りにも、里人はなお嗤笑を止めなかった。が、それはもう、声にまでは出てこなかった。ただ、市九郎の姿を見た後、顔を見合せて、互いに嗤い合うだけであった。が、更に一年経った。市九郎の槌の音は山国川の水声と同じく、不断に響いていた。村の人たちは、もうなんともいわなかった。彼らが嗤笑の表情は、いつの間にか驚異のそれに変っていた。市九郎は梳《くしけず》らざれば、頭髪はいつの間にか伸びて双肩を覆い、浴《ゆあみ》せざれば、垢づきて人間とも見えなかった。が、彼は自分が掘り穿った洞窟のうちに、獣のごとく蠢《うごめ》きながら、狂気のごとくその槌を振いつづけていたのである。

　里人の驚異は、いつの間にか同情に変っていた。市九郎がしばしの暇を窃《ぬす》んで、托鉢の行脚に出かけようとすると、洞窟の出口に、思いがけなく一椀の斎《とき》を見出すことが多くなった。市九郎はそのために、托鉢に費やすべき時間を、更に絶壁に向うことができた。

　四年目の終りが来た。市九郎の掘り穿った洞窟は、もはや五丈の深さに達していた。が、その三町を超ゆる絶壁に比ぶれば、そこになお、亡羊《ぼうよう》の嘆があった。里人は市九郎の熱心に驚いたものの、いまだ、かくばかり見えすいた徒労に合力するものは、一人もなかった。市九郎は、ただ独りその努力を続けねばならなかった。が、もう掘り穿つ仕事において、三昧に入った市九郎は、ただ槌を振うほかは何の存念もなかった。ただ土鼠《もぐら》のように、命のある限り、掘り穿っていくほかには、何の他念もなかった。彼はただ一人拮々《きつきつ》として掘り進んだ。洞窟の外には春去って秋来り、四時の風物が移り変ったが、洞窟の中には不断の槌の音のみが響いた。

「可哀そうな坊様じゃ。ものに狂ったとみえ、あの大盤石を穿っていくわ。十の一も穿ち得ないで、おのれが命を終ろうものを」と、行路の人々は、市九郎の空しい努力を、悲しみ始めた。が、一年経ち二年経ち、ちょうど九年目の終りに、穴の入口より奥まで二十二間を計るまでに、掘り穿った。

樋田郷《ひだのごう》の里人は、初めて市九郎の事業の可能性に気がついた。一人の痩せた乞食僧が、九年の力でこれまで掘り穿ち得るものならば、人を増し歳月を重ねたならば、この大絶壁を穿ち貫くことも、必ずしも不思議なことではないという考えが、里人らの胸の中に銘ぜられてきた。九年前、市九郎の勧進をこぞって斥《しりぞ》けた山国川に添う七郷の里人は、今度は自発的に開鑿《かいさく》の寄進に付いた。数人の石工が市九郎の事業を援けるために雇われた。もう、市九郎は孤独ではなかった。岩壁に下す多数の槌の音は、勇ましく賑やかに、洞窟の中から、もれ始めた。

が、翌年になって、里人たちが、工事の進み方を測った時、それがまだ絶壁の四分の一にも達していないのを発見すると、里人たちは再び落胆疑惑の声をもらした。

「人を増しても、とても成就はせぬことじゃ。あたら、了海どのに騙《たぶら》かされて要らぬ物入りをした」と、彼らははかどらぬ工事に、いつの間にか倦ききっておった。市九郎は、また独り取り残されねばならなかった。彼は、自分のそばに槌を振る者が、一人減り二人減り、ついには一人もいなくなったのに気がついた。が、彼は決して去る者を追わなかった。黙々として、自分一人その槌を振い続けたのみである。

里人の注意は、まったく市九郎の身辺から離れてしまった。ことに洞窟が、深く穿たれれば穿たれるほど、その奥深く振う市九郎の姿は、行人の目から遠ざかっていった。人々は、闇のうちに閉された洞窟の中を透し見ながら、

「了海さんは、まだやっているのかなあ」と、疑った。が、そうした注意も、しまいにはだんだん薄れてしまって、市九郎の存在は、里人の念頭からしばしば消失せんとした。が、市九郎の存在が、里人に対して没交渉であるがごとく、里人の存在もまた市九郎に没交渉であった。彼にはただ、眼前の大岩壁のみが存在するばかりであった。

しかし、市九郎は、洞窟の中に端座してからもはや十年にも余る間、暗澹たる冷たい石の上に座り続けていたために、顔は色蒼ざめ双の目が窪んで、肉は落ち骨あらわれ、この世に生ける人とも見えなかった。が、市九郎の心には不退転の勇猛心がしきりに燃え盛って、ただ一念に穿ち進むほかは、何物もなかった。一分でも一寸でも、岸壁の削り取られるごとに、彼は歓喜の声を揚げた。

市九郎は、ただ一人取り残されたままに、また三年を経た。すると、里人たちの注意は、再び市九郎の上に帰りかけていた。彼らが、ほんの好奇心から、洞窟の深さを測ってみると、全長六十五間、川に面する岩壁には、採光の窓が一つ穿たれ、もはや、この大岩壁の三分の一は、主として市九郎の瘠腕《やせうで》によって、貫かれていることが分かった。

彼らは、再び驚異の目を見開いた。彼らは、過去の無知を恥じた。市九郎に対する尊崇の心は、再び彼らの心に復活した。やがて、寄進された十人に近い石工の槌の音が、再び市九郎のそれに和した。

また一年経った。一年の月日が経つうちに、里人たちは、いつかしら目先の遠い出費を、悔い始めていた。

寄進の人夫は、いつの間にか、一人減り二人減って、おしまいには、市九郎の槌の音のみが、洞窟の闇を、打ち震わしていた。が、そばに人がいても、いなくても、市九郎の槌の力は変らなかった。彼は、ただ機械のごとく、渾身の力を入れて槌を挙げ、渾身の力をもってこれを振り降ろした。彼は、自分の一身をさえ忘れていた。主を殺したことも、剽賊を働いたことも、人を殺したことも、すべては彼の記憶のほかに薄れてしまっていた。

一年経ち、二年経った。一念の動くところ、彼の瘠せた腕は、鉄のごとく屈しなかった。ちょうど、十八年目の終りであった。彼は、いつの間にか、岩壁の二分の一を穿っていた。

里人は、この恐ろしき奇跡を見ると、もはや市九郎の仕事を、少しも疑わなかった。彼らは、前二回の懈怠《けたい》を心から恥じ、七郷の人々合力の誠を尽くし、こぞって市九郎を援け始めた。その年、中津藩の郡奉行が巡視して、市九郎に対して、奇特の言葉を下した。近郷近在から、三十人に近い石工があつめられた。工事は、枯葉を焼く火のように進んだ。

人々は、衰残の姿いたいたしい市九郎に、

「もはや、そなたは石工共の統領《たばね》をなさりませ。自ら槌を振うには及びませぬ」と、勧めたが、市九郎は頑として応じなかった。彼は、たおるれば槌を握ったままと、思っているらしかった。彼は、三十の石工がそばに働くのも知らぬように、寝食を忘れ、懸命の力を尽くすこと、少しも前と変らなかった。

が、人々が市九郎に休息を勧めたのも、無理ではなかった。二十年にも近い間、日の光も射さぬ岩壁の奥深く、座り続けたためであろう。彼の両脚は長い端座に傷み、いつの間にか屈伸の自在を欠いていた。彼は、わずかの歩行にも杖に縋《すが》らねばならなかった。

その上、長い間、闇に座して、日光を見なかったためでもあろう。また不断に、彼の身辺に飛び散る砕けた石の砕片《かけら》が、その目を傷つけたためでもあろう、彼の両目は、朦朧として光を失い、もののあいろもわきまえかねるようになっていた。

さすがに、不退転の市九郎も、身に迫る老衰を痛む心はあった。身命に対する執着はなかったけれど、中道にしてたおれることを、何よりも無念と思ったからであった。

「もう二年の辛抱じゃ」と、彼は心のうちに叫んで、身の老衰を忘れようと、懸命に槌を振うのであった。

冒《おか》しがたき大自然の威厳を示して、市九郎の前に立ち塞がっていた岩壁は、いつの間にか哀残の乞食僧一人の腕に貫かれて、その中腹を穿つ洞窟は、命ある者のごとく、一路その核心を貫かんとしているのであった。

四

市九郎の健康は、過度の疲労によって、痛ましく傷つけられていたが、彼にとって、それよりももっと恐ろしい敵が、彼の生命を狙っているのであった。

市九郎のために非業の横死を遂げた中川三郎兵衛は、家臣のために殺害されたため、家事不取締とあって、家は取り潰され、その時三歳であった一子実之助は、縁者のために養い育てられることになった。

実之助は、十三になった時、初めて自分の父が非業の死を遂げたことを聞いた。ことに、相手が対等の士人でなくして、自分の家に養われた奴僕《ぬぼく》であることを知ると、少年の心は、無念の憤《いきどお》りに燃えた。彼は、即座に復讐の一義を、肝深く銘じた。彼は、馳せて柳生《やぎゅう》の道場に入った。十九の年に、免許皆伝を許されると、彼はただちに報復の旅に上ったのである。もし、首尾よく本懐を達して帰れば、一家再興の肝煎《きもい》りもしようという、親類一同の激励の言葉に送られながら。

実之助は、馴れぬ旅路に、多くの艱難を苦しみながら、諸国を遍歴して、ひたすら敵《かたき》市九郎の所在を求めた。市九郎をただ一度さえ見たこともない実之助にとっては、それは雲をつかむがごときおぼつかなき捜索であった。五畿内《きない》、東海、東山、山陰、山陽、北陸、南海と、彼は漂泊《さすらい》の旅路に年を送り年を迎え、二十七の年まで空虚な遍歴の旅を続けた。敵に対する怨みも憤りも、旅路の艱難に消磨せんとすることたびたびであった。が、非業に殪《たお》れた父の無念を思い、中川家再興の重任を考えると、奮然と志を奮い起すのであった。

江戸を立ってからちょうど九年目の春を、彼は福岡の城下に迎えた。本土を空しく尋ね歩いた後に、辺陲《へんすい》の九州をも探ってみる気になったのである。

福岡の城下から中津の城下に移った彼は、二月に入った一日、宇佐八幡宮に賽《さい》して、本懐の一日も早く達せられんことを祈念した。実之助は、参拝を終えてから境内の茶店に憩うた。その時に、ふと彼はそばの百姓体《てい》の男が、居合せた参詣客に、

「その御出家は、元は江戸から来たお人じゃげな。若い時に人を殺したのを懺悔して、諸人済度の大願を起したそうじゃが、今いうた樋田の刳貫《こかん》は、この御出家一人の力でできたものじゃ」と語るのを耳にした。

この話を聞いた実之助は、九年この方いまだ感じなかったような興味を覚えた。彼はや

や急《せ》き込みながら、「率爾《そつじ》ながら、少々ものを尋ねるが、その出家と申すは、年の頃はどれぐらいじゃ」と、きいた。その男は、自分の談話が武士の注意をひいたことを、光栄であると思ったらしく、

「さようでございますな。私はその御出家を拝んだことはございませぬが、人の噂では、もう六十に近いと申します」

「丈《たけ》は高いか、低いか」と、実之助はたたみかけてきいた。

「それもしかとは、分かりませぬ。何様、洞窟の奥深くいられるゆえ、しかとは分かりませぬ」

「その者の俗名は、なんと申したか存ぜぬか」

「それも、とんと分かりませんが、お生れは越後の柏崎で、若い時に江戸へ出られたそうでございます」と、百姓は答えた。

ここまできいた実之助は、躍り上って欣《よろこ》んだ。彼が、江戸を立つ時に、親類の一人は、敵《かたき》は越後柏崎の生れゆえ、故郷へ立ち回るかも計りがたい、越後は一入《ひとしお》心を入れて探索せよという、注意を受けていたのであった。

実之助は、これぞ正しく宇佐八幡宮の神託なりと勇み立った。彼はその老僧の名と、山国谷に向う道をきくと、もはや八つ刻を過ぎていたにもかかわらず、必死の力を双脚に籠

めて、敵の所在《ありか》へと急いだ。その日の初更近く、樋田村に着いた実之助は、ただちに洞窟へ立ち向おうと思ったが、焦《あせ》ってはならぬと思い返して、その夜は樋田駅の宿に焦慮の一夜を明かすと、翌日は早く起き出でて、軽装して樋田の刳貫へと向った。

刳貫の入口に着いた時、彼はそこに、石の砕片《かけら》を運び出している石工に尋ねた。

「この洞窟の中に、了海といわるる御出家がおわすそうじゃが、それに相違ないか」

「おわさないでなんとしょう。了海様は、この洞《ほこら》の主も同様な方じゃ。はははは」と、石工は心なげに笑った。

実之助は、本懐を達すること、はや眼前にありと、欣び勇んだ。が、彼はあわててはならぬと思った。

「して、出入り口はここ一カ所か」と、きいた。敵に逃げられてはならぬと思ったからである。

「それは知れたことじゃ。向うへ口を開けるために、了海様は塗炭の苦しみをなさっているのじゃ」と、石工が答えた。

実之助は、多年の怨敵が、嚢中の鼠のごとく、目前に置かれてあるのを欣んだ。たとい、その下に使わるる石工が幾人いようとも、切り殺すに何の造作もあるべきと、勇み立った。

「其方《そち》に少し頼みがある。了海どのに御意得たいため、遥々と尋ねて参った者じゃと、伝えてくれ」と、いった。石工が、洞窟の中へはいった後で、実之助は一刀の目くぎを湿した。彼は、心のうちで、生来初めてめぐりあう敵の容貌を想像した。洞門の開鑿を統領しているといえば、五十は過ぎているとはいえ、筋骨たくましき男であろう。ことに若年《じゃくねん》の頃には、兵法に疎《うと》からざりしというのであるから、ゆめ油断はならぬと思っていた。

が、しばらくして実之助の面前へと、洞門から出てきた一人の乞食僧があった。それは、出てくるというよりも、蟇《がま》のごとく這い出てきたという方が、適当であった。それは、人間というよりも、むしろ、人間の残骸というべきであった。肉ことごとく落ちて骨あらわれ、脚の関節以下はところどころただれて、長く正視するに堪えなかった。破れた法衣によって、僧形とは知れるものの、頭髪は長く伸びて皺だらけの額をおおっていた。老僧は、灰色をなした目をしばたたきながら、実之助を見上げて、

「老眼衰えはてまして、いずれの方ともわきまえかねまする」と、いった。

実之助の、極度にまで、張り詰めてきた心は、この老僧を一目見た刹那たじたじとなってしまっていた。彼は、心の底から憎悪を感じ得るような悪僧を欲していた。しかるに彼の前には、人間とも死骸ともつかぬ、半死の老僧が蹲っているのである。実之助は、失望し始めた自分の心を励まして、

「そのもとが、了海といわるるか」と、意気込んできいた。

「いかにも、さようでござります。してそのもとは」と、老僧は訝《いぶか》しげに実之助を見上げた。

「了海とやら、いかに僧形に身をやつすとも、よも忘れはいたすまい。汝、市九郎と呼ばれし若年の砌《みぎり》、主人中川三郎兵衛を打って立ち退いた覚えがあろう。某《それがし》は、三郎兵衛の一子実之助と申すものじゃ。もはや、逃れぬところと覚悟せよ」

と、実之助の言葉は、あくまで落着いていたが、そこに一歩も、許すまじき厳正さがあった。が、市九郎は実之助の言葉をきいて、少しもおどろかなかった。

「いかさま、中川様の御子息、実之助様か。いやお父上を打って立ち退いた者、この了海に相違ござりませぬ」と、彼は自分を敵と狙う者に会ったというよりも、旧主の遺児《わすれご》に会った親しさをもって答えたが、実之助は、市九郎の声音《こわね》に欺かれてはならぬと思った。

「主を打って立ち退いた非道の汝を討つために、十年に近い年月を艱難のうちに過したわ。ここで会うからは、もはや逃れぬところと尋常に勝負せよ」と、いった。

市九郎は、少しも悪怯《わるび》れなかった。もはや期年のうちに成就すべき大願を見果てずして死ぬことが、やや悲しまれたが、それもおのれが悪業の報《むく》いであると思うと、彼は死すべき心を定めた。

「実之助様、いざお切りなされい。おきき及びもなされたろうが、これは了海めが、罪亡しに掘り穿とうと存じた洞門でござるが、十九年の歳月を費やして、九分までは竣工いたした。了海、身を果つとも、もはや年を重ねずして成り申そう。御身の手にかかり、この洞門の入口に血を流して人柱となり申さば、はや思い残すこともござりませぬ」と、いいながら、彼は見えぬ目をしばたたいたのである。

実之助は、この半死の老僧に接していると、親の敵《かたき》に対して懐いていた憎しみが、いつの間にか、消え失せているのを覚えた。敵は、父を殺した罪の懺悔に、身心を粉に砕いて、半生を苦しみ抜いている。しかも、自分が一度名乗りかけると、唯々《いい》として命を捨てようとしているのである。かかる半死の老僧の命を取ることが、なんの復讐であるかと、実之助は考えたのである。が、しかしこの敵を打たざる限りは、多年の放浪を切り上げて、江戸へ帰るべきよすがはなかった。まして家名の再興などは、思いも及ばぬことであったのである。実之助は、憎悪よりも、むしろ打算の心からこの老僧の命を縮めようかと思った。が、激しい燃ゆるがごとき憎悪を感ぜずして、打算から人間を殺すことは、実之助にとって忍びがたいことであった。彼は、消えかかろうとする憎悪の心を励ましながら、打ち甲斐なき敵を打とうとしたのである。

その時であった。洞窟の中から走り出て来た五、六人の石工は、市九郎の危急を見ると、挺身して彼を庇《かば》いながら「了海様をなんとするのじゃ」と、実之助を咎めた。彼らの面には、仕儀によっては許すまじき色がありありと見えた。

「子細あって、その老僧を敵と狙い、端なくも今日めぐりおうて、本懐を達するものじゃ。妨げいたすと、余人なりとも容赦はいたさぬぞ」と、実之助は凜然といった。

が、そのうちに、石工の数は増え、行路の人々が幾人となく立ち止って、彼らは実之助を取り巻きながら、市九郎の身体に指の一本も触れさせまいと、銘々にいきまき始めた。

「敵を討つ討たぬなどは、それはまだ世にあるうちのことじゃ。見らるる通り、了海どのは、染衣薙髪《せんいちはつ》の身である上に、この山国谷七郷の者にとっては、持地菩薩の再来とも仰がれる方じゃ」と、そのうちのある者は、実之助の敵討ちを、叶わぬ非望であるかのようにいい張った。

が、こう周囲の者から妨げられると、実之助の敵に対する怒りはいつの間にか蘇《よみがえ》っていた。彼は武士の意地として、手をこまねいて立ち去るべきではなかった。

「たとい沙門《しゃもん》の身なりとも、主殺しの大罪は免れぬぞ。親の敵を討つ者を妨げいたす者は、一人も容赦はない」と、実之助は一刀の鞘を払った。実之助を囲う群衆も、皆ことごとく身構えた。すると、その時、市九郎はしわがれた声を張り上げた。

「皆の衆、お控えなされい。了海、討たるべき覚え十分ござる。この洞門を穿つことも、ただその罪滅ぼしのためじゃ。今かかる孝子のお手にかかり、半死の身を終ること、了海が一期《ご》の願いじゃ。皆の衆妨げ無用じゃ」

こういいながら市九郎は、身を挺して、実之助のそばにいざり寄ろうとした。かねがね、市九郎の強剛なる意志を知りぬいている周囲の人々は、彼の決心を翻《ひるがえ》すべき由もないのを知った。市九郎の命、ここに終るかと思われた。その時、石工の統領が、実之助の前に進み出でながら、

「御武家様も、おきき及びでもござろうが、この刳貫は了海様、一生の大誓願にて、二十年に近き御辛苦に身心を砕かれたのじゃ。いかに、御自身の悪業とはいえ、大願成就を目前に置きながら、お果てなさるること、いかばかり無念であろう。我らのこぞってのお願いは、長くとは申さぬ、この刳貫の通じ申す間、了海様のお命を、我らに預けては下さらぬか。刳貫さえ通じた節は、即座に了海様を存分になさりませ」と、彼は誠を表して哀願した。群衆は口々に、

「ことわりじゃ、ことわりじゃ」と、賛成した。

実之助も、そういわれてみると、その哀願をきかぬわけにはいかなかった。今ここで敵を討とうとして、群衆の妨害を受けて不覚を取るよりも、刳通の竣工を待ったならば、今でさえ自ら進んで討たれようという市九郎が、義理に感じて首を授けるのは、必定であると思った。またそうした打算から離れても、敵とはいいながらこの老僧の大誓願を遂げさしてやるのも、決して不快なことではなかった。実之助は、市九郎と群衆とを等分に見な

がら、

「了海の僧形にめでてその願い許して取らそう。束《つが》えた言葉は忘れまいぞ」と、いった。

「念もないことでござる。一分の穴でも、一寸の穴でも、この刳貫が向う側へ通じた節は、その場を去らず了海様を討たさせ申そう。それまではゆるゆると、この辺りに御滞在なされませ」と、石工の棟梁は、穏やかな口調でいった。

市九郎は、この紛擾《ふんじょう》が無事に解決が付くと、それによって徒費した時間がいかにも惜しまれるように、にじりながら洞窟の中へ入っていった。

実之助は、大切の場合に思わぬ邪魔が入って、目的が達し得なかったことを憤った。彼はいかんともしがたい鬱憤を抑えながら、石工の一人に案内せられて、木小屋のうちへ入った。自分一人になって考えると、敵を目前に置きながら、討ち得なかった自分の腑甲斐なさを、無念と思わずにはいられなかった。彼の心はいつの間にか苛《いら》だたしい憤りでいっぱいになっていた。彼は、もう刳貫の竣成を待つといったような、敵に対する緩《ゆるや》かな心をまったく失ってしまった。彼は今宵にも洞窟の中へ忍び入って、市九郎を討って立ち退こうという決心の臍《ほぞ》を固めた。が、実之助が市九郎の張り番をしているように、石工たちは実之助を見張っていた。

最初の二、三日を、心にもなく無為に過したが、ちょうど五日目の晩であった。毎夜のことなので、石工たちも警戒の目を緩めたと見え、丑《うし》に近い頃に何人《なんぴと》もいぎたない眠りに入っていた。実之助は、今宵こそと思い立った。彼は、がばと起き上ると、枕元の一刀を引き寄せて、静かに木小屋の外に出た。それは早春の夜の月が冴えた晩であった。山国川の水は月光の下に蒼く渦巻きながら流れていた。が、周囲の風物には目もくれず、実之助は、足を忍ばせてひそかに洞門に近づいた。削り取った石塊が、ところどころに散らばって、歩を運ぶたびごとに足を痛めた。

洞窟の中は、入口から来る月光と、ところどころに刳《く》り明けられた窓から射し入る月光とで、ところどころほの白く光っているばかりであった。彼は右方の岩壁を手探《たぐ》り手探り奥へ奥へと進んだ。

入口から、二町ばかり進んだ頃、ふと彼は洞窟の底から、クワックワッと間を置いて響いてくる音を耳にした。彼は最初それがなんであるか分からなかった。が、一歩進むに従って、その音は拡大していって、おしまいには洞窟の中の夜の寂静《じゃくじょう》のうちに、こだまするまでになった。それは、明らかに岩壁に向って鉄槌を下す音に相違なかった。実之助は、その悲壮な、凄みを帯びた音によって、自分の胸が激しく打たれるのを感じた。奥に近づくに従って、玉を砕くような鋭い音は、洞窟の周囲にこだまして、実之助の聴覚を、猛然と襲ってくるのであった。彼は、この音をたよりに這いながら近づいていった。この槌の音の主こそ、敵了海に相違あるまいと思った。ひそかに一刀の鯉口《こいぐち》を湿しながら、息を潜めて寄り添うた。その時、ふと彼は槌の音の間々に囁《ささや》くがごとく、うめくがごとく、了海が経文を誦《じゅ》する声をきいたのである。

そのしわがれた悲壮な声が、水を浴びせるように実之助に徹してきた。深夜、人去り、草木眠っている中に、ただ暗中に端座して鉄槌を振っている了海の姿が、墨のごとき闇にあってなお、実之助の心眼に、ありありとして映ってきた。それは、もはや人間の心ではなかった。喜怒哀楽の情の上にあって、ただ鉄槌を振っている勇猛精進の菩薩心であった。実之助は、握りしめた太刀の柄が、いつの間にか緩んでいるのを覚えた。彼はふと、われに返った。すでに仏心を得て、衆生のために、砕身の苦を嘗めている高徳の聖《ひじり》に対し、深夜の闇に乗じて、ひはぎのごとく、獣のごとく、瞋恚《しんい》の剣を抜きそばめている自分を顧《かえりみ》ると、彼は、強い戦慄が身体を伝うて流れるのを感じた。

洞窟を揺がせるその力強い槌の音と、悲壮な念仏の声とは、実之助の心を散々に打ち砕いてしまった。彼は、潔く竣成の日を待ち、その約束の果さるるのを待つよりほかはないと思った。

実之助は、深い感激を懐きながら、洞外の月光を目指し、洞窟の外に這い出たのである。

そのことがあってから間もなく、刳貫の工事に従う石工のうちに、武家姿の実之助の姿が見られた。彼はもう、老僧を闇討ちにして立ち退こうというような険しい心は、少しも持っていなかった。了海が逃げも隠れもせぬことを知ると、彼は好意をもって、了海がその一生の大願を成就する日を、待ってやろうと思っていた。

が、それにしても、茫然と待っているよりも、自分もこの大業に一臂《ぴ》の力を尽くすことによって、いくばくかでも復讐の期日が短縮せられるはずであることを悟ると、実之助は自ら石工に伍して、槌を振い始めたのである。

敵と敵とが、相並んで槌を下した。実之助は、本懐を達する日の一日でも早かれと、懸命に槌を振った。了海は実之助が出現してからは、一日も早く大願を成就して孝子の願いを叶えてやりたいと思ったのであろう。彼は、また更に精進の勇を振って、狂人のように岩壁を打ち砕いていた。

そのうちに、月が去り月が来た。実之助の心は、了海の大勇猛心に動かされて、彼自ら刳貫の大業に讐敵《しゅうてき》の怨みを忘れようとしがちであった。

石工共が、昼の疲れを休めている真夜中にも、敵と敵とは相並んで、黙々として槌を振っていた。

それは、了海が樋田の刳貫に第一の槌を下してから二十一年目、実之助が了海にめぐりあってから一年六カ月を経た、延享《えんきょう》三年九月十日の夜であった。この夜も、石工どもはことごとく小屋に退いて、了海と実之助のみ、終日の疲労にめげず懸命に槌を振っていた。その夜九つに近き頃、了海が力を籠めて振り下した槌が、朽木を打つがごとくなんの手答えもなく力余って、槌を持った右の掌が岩に当ったので、彼は「あっ」と、思わず声を上げた。その時であった。了海の朦朧たる老眼にも、紛《まぎ》れなくその槌に破られたる小さき穴から、月の光に照らされたる山国川の姿が、ありありと映ったのである。了海は「おう」と、全身を震わせるような名状しがたき叫び声を上げたかと思うと、それにつづいて、狂したかと思われるような歓喜の泣笑が、洞窟をものすごく動揺《うご》めかしたのである。

「実之助どの。御覧なされい。二十一年の大誓願、端なくも今宵成就いたした」

こういいながら、了海は実之助の手を取って、小さい穴から山国川の流れを見せた。その穴の真下に黒ずんだ土の見えるのは、岸に添う街道に紛れもなかった。敵と敵とは、そこに手を執り合うて、大歓喜の涙にむせんだのである。が、しばらくすると了海は身を退《すさ》って、

「いざ、実之助殿、約束の日じゃ。お切りなされい。かかる法悦の真ん中に往生いたすなれば、極楽浄土に生るること、必定疑いなしじゃ。いざお切りなされい。明日ともなれば、石工共が、妨げいたそう、いざお切りなされい」と、彼のしわがれた声が洞窟の夜の空気に響いた。が、実之助は、了海の前に手を拱《こまね》いて座ったまま、涙にむせんでいるばかりで

あった。心の底から湧き出ずる歓喜に泣く凋《しな》びた老僧を見ていると、彼を敵として殺すことなどは、思い及ばぬことであった。敵を討つなどという心よりも、このかよわい人間の双の腕《かいな》によって成し遂げられた偉業に対する驚異と感激の心とで、胸がいっぱいであった。彼はいざり寄りながら、再び老僧の手をとった。二人はそこにすべてを忘れて、感激の涙にむせび合うたのであった。

著者略歴

太宰治（一九〇九年〜一九四八年）

青森県の大富豪の家に生まれる。二十歳の時、芸者と心中を図るが未遂に終わった。二十六歳の時、「逆行」が、第一回芥川賞の次席となり、翌年、第一創作集「晩年」を刊行。戦後は一躍流行作家となるも、三十八歳の時、山崎富栄と玉川上水にて入水し、この世を去った。作品に「人間失格」「ヴィヨンの妻」などがある。

新美南吉（一九一三年〜一九四三年）

愛知県出身。鈴木三重吉主催の雑誌『赤い鳥』に「ごん狐」をはじめ、多くの作品を発表。この頃、同人誌『チチノキ』主宰者の一人で北原白秋門下の巽聖歌と出会い親睦を深めた。十八歳で上京し精力的に執筆活動に取り組むも、結核のため帰郷を余儀なくされる。二十九歳の若さで生涯を閉じた。作品に「牛をつないだ椿の木」「花のき村と盗人たち」などがある。

有島武郎（一八七八年～一九二三年）

東京生まれ。札幌農学校時に、学友の勧めでキリスト教に入信。三十三歳で弟の生馬、里見弴らと『白樺』の同人となる。「かんかん虫」「或る女のグリンプス」などを発表。その後妻や父が他界したのを契機に、執筆活動に専念するようになる。人気を博すも、四十五歳の時、人妻の波多野秋子と情死。作品に「カインの末裔」「生れ出づる悩み」などがある。

横光利一（一八九八年～一九四七年）

福島県出身。菊池寛に師事。一九二三年に「蠅」「日輪」で文壇デビュー。翌年には、川端康成、片岡鉄兵らと『文芸時代』を創刊し、新感覚派の文学運動を展開した。一九三〇年に発表した「機械」は小林秀雄に絶賛された。

作品には「上海」「機械」「紋章」や未完の長編小説「旅愁」などがある。

芥川龍之介（一八九二年～一九二七年）

東京出身。東京帝国大学卒。在学中から創作活動を始め、一九一六年に発表した「鼻」は夏目漱石に絶賛された。卒業後、海軍機関学校に嘱託教官として就任する。教職を辞した後は大阪毎日新聞社に入社し、執筆活動に専念した。三十五歳で服毒自殺し、鬼籍に入る。作品に「羅生門」「歯車」「河童」などがある。

織田作之助（一九一三年～一九四七年）

大阪市生まれ。一九三五年に青山光二らと同人誌『海風』を創刊。一九三九年は「俗臭」が芥川賞候補に、翌年は「夫婦善哉」が『文芸』推薦作となるなど本格的な文壇デビューを果たす。一方で次作「青春の逆説」は奔放さゆえに発禁処分となった。戦後は、短編「世相」で人気を博すも、三十三歳の時「土曜夫人」の執筆中喀血し、ほどなくして短い生涯を閉じた。

久《ひさ》生《お》十蘭《じゅうらん》（一九〇二年〜一九五七年）

北海道出身。函館新聞社に記者として勤める。その後パリに渡り演劇を学んだ。帰国後、『新青年』に発表した作品が次々と人気を博し、頭角を現していく。一九五二年には「鈴木主水」で直木賞を受賞。作品に「顎十郎捕物帳」「魔都」「キャラコさん」などがある。

宮沢賢治（一八九六年〜一九三三年）

岩手県稗貫郡里川口村（現・花巻市）出身。日蓮宗徒。盛岡高等農林学校（現・岩手大学農学部）に首席で入学。卒業後は郡立稗貫農学校（現・花巻農業高等学校）に着任。この頃、詩集「心象スケッチ 春と修羅」、童話集「注文の多い料理店」などを刊行した。作品に「銀河鉄道の夜（童話）」「口語詩稿（詩集）」などがある。

森鷗外（一八六二年〜一九二二年）

島根県出身。津和野藩に御典医の息子として生まれる。東京大学医学部卒業後は、陸軍軍医としてドイツへ留学する。帰国後発表した「即興詩人」の翻訳は鷗外の名声を高めた。その後処女作「舞姫」を発表し、文芸雑誌『スバル』で活躍するなど、精力的に執筆活動を続けた。作品に「澁江抽齋」「山椒大夫」などがある。

菊池寛（一八八八年〜一九四八年）

香川県出身。第三次『新思潮』に同人として参加。大学卒業後、時事新報社を経て、芥川龍之介の紹介で大阪毎日新聞社の客員となる。この頃立て続けに発表した作品で一躍人気を博した。三十五歳のとき雑誌『文藝春秋』を創刊。事業家としても大成功を収めた。日本文藝家協会の設立、芥川賞、直木賞の設立などにも尽力した。

本文表記は読みやすさを重視し、原則として新漢字、新仮名づかい、常用漢字を採用しました。

また、今日の人権意識に照らし、不当、不適切と思われる語句や表現については、作品の時代的背景と文学的価値とを考慮し、そのままとしました。

【出典一覧】

太宰治「太宰治全集第九巻 筑摩全集類聚」（筑摩書房）
新美南吉「日本児童文学大系 第二八巻」（ほるぷ出版）
有島武郎「有島武郎全集第六巻」（筑摩書房）
横光利一「機械・春は馬車に乗って」（新潮社）
芥川龍之介「芥川龍之介全集3」（筑摩書房）
織田作之助「定本 織田作之助全集 第六巻」（文泉堂出版）
久生十蘭「黄金遁走曲《フューグ・ドレエ》」（薔薇十字社）
宮沢賢治「新修 宮沢賢治全集 第八巻」（筑摩書房）
森鷗外「山椒大夫・高瀬舟 他四編」（岩波書店）
菊池寛「菊池寛 短篇と戯曲」（文藝春秋）

文豪たちが書いた　泣ける名作短編集

2014年 9月3日 第1刷
2019年 7月26日 第6刷

編　纂　彩図社文芸部

発行人　山田有司

発行所　株式会社　彩図社
東京都豊島区南大塚 3-24-4
MT ビル　〒170-0005
TEL:03-5985-8213　FAX:03-5985-8224
http://www.saiz.co.jp
http://saiz.co.jp/k（モバイルサイト）→

印刷所　新灯印刷株式会社

 ISBN978-4-8013-0012-5 C0193